MW01538647

Peggy Sue et les fantômes

LE CHÂTEAU NOIR

Bibliothèque
École Notre-Dame

L'auteur

Serge Brussolo est né en 1951. Après des études de lettres et de psychologie, il décide de se consacrer entièrement à la littérature. Il écrit alors des romans fantastiques, récompensés par de nombreux prix littéraires, qui lui vaudront d'être considéré comme le Stephen King français. Une trentaine de romans plus tard, il s'attaque à la littérature générale et surtout au thriller. Là encore, il remporte un formidable succès. *Le jour du chien bleu*, tome I de la série « Peggy Sue et les fantômes », est le premier livre de Serge Brussolo pour la jeunesse.

Du même auteur, dans la même collection :

Serge BRUSSOLO

Peggy Sue et les fantômes

Le château noir

PLON

Loi n° 49-956 du 16 juillet 1949 sur les publications
destinées à la jeunesse : octobre 2005.
Publié avec l'autorisation des éditions Plon.

© 2004, éditions Plon.

© 2005, éditions Pocket Jeunesse, département d'Univers Poche,
pour la présente édition.

ISBN 2-266-15170-3

Sommaire

Les personnages

Peggy Sue

Peggy Sue Fairway a 14 ans. Elle est blonde, coiffée en queue de cheval avec deux mèches rebelles sur le front. Elle est également très myope. Elle est habillée d'un haut à rayures roses et d'un jean vert. Elle porte de petites bottes. Longtemps, elle a affronté les Invisibles, des créatures extraterrestres qu'elle était seule à voir et qui s'amusaient à semer le chaos sur la Terre. On la croyait folle, et même ses parents avaient honte d'elle. Après bien des aventures, elle a réussi à vaincre les Invisibles. Hélas, comme le dit sa grand-mère : « Il existe autant d'espèces de fantômes que de races de chiens ! », si bien que, à chaque aventure, elle doit se battre contre de nouvelles créatures plus ou moins spectrales. Peggy Sue ne va plus au collège, elle a décidé de vivre avec sa grand-mère et d'ouvrir soit un restaurant de tartelettes aux fruits, soit une boutique de vêtements qu'elle fabriquerait elle-même. Elle ne sait pas encore très bien… Il faut qu'elle réfléchisse à tout ça à tête reposée, entre deux catastrophes ! Une chose est sûre : elle ne veut ni devenir sorciè-

(les formules magiques sont trop difficiles à apprendre et elle n'a aucune mémoire) ni posséder des pouvoirs extraordinaires. Elle ne souhaite qu'une chose : mener la vie d'une fille normale de son âge. En fait, Peggy Sue est une fille ordinaire à qui il arrive des aventures extraordinaires !

Granny Katy

Son vrai nom est Katy Erin Flanaghan. C'est la grand-mère maternelle de Peggy Sue. Elle exerce le métier de sorcière campagnarde. Elle vend des manteaux absorbeurs de fatigue ou des chats de sérénité qui s'imprègnent de la nervosité de leurs maîtres et leur permettent ainsi de redevenir calmes. Elle est un peu folle mais très gentille et toujours prête à se lancer dans une nouvelle aventure. Elle a peu de pouvoirs. Son animal fétiche est un crapaud péteur qui répand d'épouvantables odeurs.

Le chien bleu

Au départ, c'était un pauvre chien errant, mais son cerveau a été irradié par un soleil maléfique qui l'a rendu très intelligent (et même un peu fou pendant quelque temps)… Son pelage a pris une étrange teinte bleuâtre. Il a la manie de porter une cravate autour du cou ! Il a le pouvoir de communiquer avec les humains par transmission de pensée. Il est râleur, gourmand, mais très courageux. Il aime bien se battre et nourrit une véritable passion pour les os. Il n'a pas de nom et ne veut pas en porter, car c'est une manière pour lui d'affirmer son indépendance vis-à-vis des Hommes. C'est le fidèle compagnon de Peggy Sue à qui il a sauvé la vie des dizaines de fois.

Sebastian

C'est le petit ami de Peggy Sue. Il a 14 ans depuis… 70 ans ! Pour fuir la misère, il avait trouvé refuge dans le monde fabuleux des mirages où les années passent sans qu'on vieillisse d'un seul jour, si bien que le temps a filé sans que Sebastian grandisse. Au terme d'une incroyable aventure il a réussi à fuir sa prison. Hélas, pour rester avec Peggy Sue, il a dû accepter de devenir une statue de sable vivante qui tombe en poussière dès qu'elle n'est plus humidifiée. Son existence n'est pas simple et il voudrait se débarrasser de cette malédiction pour redevenir humain et mener une vie normale avec Peggy. Il est très beau, avec de longs cheveux noirs et des yeux bridés. Sa peau mate lui donne l'allure d'un jeune Indien apache. N'étant pas réellement humain, Sebastian n'a pas besoin de dormir ni de manger. Il est d'une force colossale mais un peu trop sûr de lui, ce qui lui vaut bien des déboires. Lorsqu'il se dessèche, par manque d'eau, il tombe en poussière et ses souvenirs s'en vont avec les grains de sable emportés par le vent, si bien qu'il a tendance à perdre la mémoire. Dès qu'on l'arrose avec de l'eau pure, il reprend forme, mais il en a assez de ces contraintes, et depuis quelque temps son humeur s'assombrit. Il se répète qu'il est en train de gâcher la vie de Peggy Sue qui mériterait un petit ami en meilleure forme. Celle-ci n'est pas de cet avis !

N'oublie pas de consulter
le courrier de Peggy Sue à la fin du volume…
Ni de lire l'interview de l'auteur
qui répond aux questions des lecteurs !

1

La rue qui n'existait pas

Peggy Sue courait dans les couloirs du château noir pour échapper à quelque chose ou quelqu'un dont le pas lourd faisait trembler les murs…

Elle ignorait qui la poursuivait. Elle savait seulement qu'elle devait courir *très vite* si elle ne voulait pas finir entre les griffes de la créature galopant sur ses traces.

— Sebastian ! cria-t-elle. Chien bleu ! Où êtes-vous ? Aidez-moi, je vous en prie…

Hélas, ni Sebastian ni le chien bleu ne lui répondirent. Elle était désespérément seule à l'intérieur de l'immense bâtisse, courant à perdre haleine.

« Je n'arrive même pas à me rappeler ce que je fiche ici, songea-t-elle. C'est incroyable, j'ai l'impression d'avoir perdu la mémoire. »

Un point de côté lui sciait le flanc gauche et elle sentait venir le moment où elle s'effondrerait, incapable de continuer à ce rythme.

Le château était immense, tout tordu. Effrayant. Un cactus de pierre aurait pu avoir cet aspect-là. Ou encore une espèce d'animal habillé d'une carapace hérissée de tours et de créneaux. Un animal mauvais.

Peggy s'arrêta au détour d'un corridor pour reprendre sa respiration. Derrière elle, les pas se rapprochaient. *Boum! boum! boum!...* Autour d'elle tout était noir, les pierres, le sol, les murailles, à croire qu'on avait bâti le château avec des cubes de nuit congelée.

Les pas, dans son dos, avaient une sonorité métallique ; on eût dit que l'être lancé à sa poursuite portait des souliers de fer grands comme des autobus.

L'adolescente se remit en marche. Elle était à bout de forces. La chose allait la rattraper, c'était certain.

Des chauves-souris volaient en essaim serré au ras de la voûte. Elles criaient d'une petite voix aiguë : *châteaunoir… châteaunoir… châteaunoir…*

Ça n'avait aucun sens !

Alors qu'elle s'apprêtait à renoncer, Peggy aperçut enfin une porte donnant sur l'extérieur. Un jardin à l'abandon entourait le manoir, formant une véritable jungle de ronces. L'adolescente s'y engagea. Très vite, les épines déchirèrent ses vêtements, sa peau, mais elle s'obstina, sa vie en dépendait. Il fallait à tout prix qu'elle sorte de cette bâtisse maudite.

D'affreuses statues se dressaient au milieu des ronces. Elles étaient si laides que Peggy n'aurait su dire à quoi elles ressemblaient. Des crocodiles, des lézards, mais à moitié humains… Ils lui faisaient d'horribles grimaces et semblaient se moquer d'elle.

Peggy gémit. Les ronces la lacéraient de toutes parts et elle saignait par un millier de blessures.

Terrifiée, elle se décida à jeter un coup d'œil derrière elle ; ce qu'elle vit lui arracha un cri d'effroi. Un chevalier géant, revêtu d'une armure noire, se penchait par-dessus les créneaux du chemin de ronde, il tendait le bras pour l'attraper dans son gantelet d'acier.

— Je suis le maître du château ! hurla-t-il d'une horrible voix de boîte de conserve. Viens un peu par ici que je m'occupe de toi !

Il était aussi grand que le donjon du manoir et son casque, tout bosselé, semblait avoir survécu à mille batailles titanesques.

À ce moment, une épine piqua violemment Peggy Sue au mollet droit et… *elle s'éveilla.*

Elle se trouvait allongée sur la banquette du train et le chien bleu lui mordillait la cheville.

— Réveille-toi ! lui ordonna-t-il. Tu fais un cauchemar.

L'adolescente se redressa, le cœur battant, encore sous l'emprise du mauvais rêve.

— C'était affreux, bredouilla-t-elle, ça avait l'air si *réel.*

Sebastian se glissa dans la librairie. Le livre était là, posé sur un présentoir de fer rouillé. Sa couverture de cuir vert était couverte de pustules vénéneuses.

« C'est normal, se rappela le garçon, puisqu'il a été relié en peau de crapaud infernal. »

De temps à autre, le livre s'entrebâillait tout seul, comme un crocodile qui ouvrirait la gueule pour respirer. Il s'en dégageait alors une haleine de poubelle qui donnait envie de s'enfuir à l'autre bout du monde en se bouchant le nez.

« Rien d'étonnant à ça, se répéta Sebastian, puisque le texte a été écrit avec du fiel de serpent. »

À peine ouvert, le grimoire se refermait en claquant sèchement, tel un couperet. On disait que les bords de la couverture étaient si aiguisés qu'ils pouvaient trancher les doigts des lecteurs imprudents.

Sebastian regarda par terre et frissonna. Le sol était effectivement couvert d'index coupés à la hauteur de la deuxième phalange.

Le livre n'aimait pas être lu, il s'appliquait à conserver jalousement les secrets imprimés sur ses pages en des temps anciens.

— Salut ! lança Sebastian. J'espère que tu ne vas pas faire le méchant avec moi, hein ? Je suis venu de loin pour te consulter, alors pas de blagues si tu veux qu'on reste copains.

Il fit encore deux pas dans l'obscurité de la librairie. Il lui sembla que les ouvrages entassés au long des étagères frissonnaient d'appréhension. On n'y voyait pas grand-chose. La pièce empestait l'aquarium. L'homme qui avait indiqué l'adresse de la boutique à Sebastian lui avait recommandé d'y avancer avec la prudence d'un explorateur traversant un marécage infesté de serpents.

— Ces livres sont de sales bêtes, avait-il grommelé. Il arrive qu'ils se dévorent entre eux. Parfois, ils se poursuivent sur les étagères comme des animaux dans la savane. C'est à celui qui attrapera son voisin pour l'avaler.

— Et que se passe-t-il quand un livre en dévore un autre ? demanda Sebastian.

— Il devient plus gros, répondit son interlocuteur. Davantage de chapitres, davantage de pages… Ça lui permet de frimer auprès de ses camarades d'étagère. Mais fais gaffe, ils ne dédaignent pas grignoter les doigts des lecteurs ! Je connais plus d'un petit curieux qui est ressorti manchot de cette bibliothèque.

Sebastian esquissa un nouveau pas en direction du présentoir.

« Sois prudent, se dit-il, n'oublie pas que tu te trouves dans une librairie démoniaque. Ces bouquins sont de vrais petits crocodiles, ils n'entendent pas se laisser lire par le premier venu. »

Sur le présentoir d'acier, le grimoire émit une sorte de grognement sourd. Chacune de ses pages ressemblait à une grosse langue rectangulaire.

— Si tu veux guérir, avait dit l'homme, si tu veux te débarrasser de la malédiction du sable et redevenir un adolescent normal, c'est dans cette librairie que tu dois aller. Tu y trouveras le grimoire des guérisons qui t'indiquera qui contacter pour obtenir le médicament dont tu as besoin.

— Le grimoire des guérisons ? répéta Sebastian.

— Oui, c'est une sorte d'annuaire recensant les sorciers et magiciens spécialisés dans les guérisons miraculeuses. Des gens capables de soigner des maladies invraisemblables. En le feuilletant, tu trouveras sûrement la bonne adresse. Le problème c'est de ressortir vivant de la bibliothèque. Tu as beau être courageux, ce ne sera pas évident.

Le garçon hésitait à toucher le grimoire. Les pustules de la couverture se contractèrent, projetant des gouttes de poison dans sa direction. Il dut faire un saut de côté pour les éviter. Tous ces livres étaient vivants, cela ne faisait aucun doute. Et salement vivants !

— Écoute ! lança-t-il au gros bouquin, je cherche juste une adresse. Je veux savoir qui serait capable de me débarrasser de la malédiction du sable, et noter son adresse. Tu comprends ?

Le grimoire gronda et fit claquer ses pages aux bords coupants. De la salive suintait de sa reliure. On sentait qu'il avait faim et se pourléchait à l'idée de dévorer les mains du garçon.

Sebastian était maintenant tout près du livre. Mine de rien, il prit dans sa poche une pincée de poudre de piment qu'il avait apportée tout exprès, et, d'un geste rapide, en saupoudra les pages entrebâillées. L'effet escompté ne se fit pas attendre. Trois secondes plus tard, le volume s'ouvrit en grand, agitant désespérément les mille pages qui lui servaient de langues. Il mourait de soif ! L'adolescent saisit alors le morceau de bois qu'il tenait caché dans son dos et s'en servit pour coincer la couverture du grimoire comme il l'aurait fait des mâchoires d'un alligator. Maintenu ouvert par le pieu, le livre ne pouvait plus mordre.

Sans perdre une seconde, Sebastian entreprit de feuilleter les pages dégoulinantes de salive. (C'était assez dégoûtant!) Chacune d'elles portait, tatouée à l'encre indélébile, une liste de sorciers. Leurs spécialités s'y trouvaient détaillées, ainsi que leur adresse.

— « Malédiction du sable », haletait le garçon, « malédiction du sable »… où cela se cache-t-il?

Le grimoire grognait comme un lion. Son haleine épouvantable aurait asphyxié un putois et Sebastian devait faire de gros efforts pour ne pas s'évanouir.

La panique le gagnait car il ne trouvait pas ce qu'il cherchait. Dans son dos, les autres livres sautaient des étagères en claquant du bec, comme s'ils s'apprêtaient à lui mordre les mollets.

— Pourtant je suis dans la bonne librairie, gémit Sebastian, la bonne librairie…

Brusquement, le morceau de bois qui maintenait le grimoire ouvert se rompit et la couverture tranchante se referma, lui coupant les mains au ras des poignets.

— Non! cria le jeune homme. Non…

— Hé! lui dit Peggy Sue en le secouant avec rudesse. Réveille-toi, tu fais un cauchemar.

— Quoi? Quoi? balbutia la garçon.

— Nous sommes dans le train, expliqua le chien bleu. Tu parlais dans ton sommeil. Peggy Sue vient de cauchemarder elle aussi, c'est bizarre. Mon flair me dit que quelque chose se prépare.

Sebastian se redressa, il avait le front couvert de sueur. Peggy l'essuya avec son mouchoir.

— J'ai rêvé que j'allais dans une librairie, haleta-t-il. Il y avait un livre... un livre contenant l'adresse d'un magicien capable de me délivrer de la malédiction du sable.

— Ce n'était qu'un rêve, murmura Peggy. Une telle librairie n'existe pas.

— Tu te trompes, ma petite fille, déclara sombrement Granny Katy qui venait d'entrer dans le compartiment. Il existe bel et bien une bibliothèque magique dans la ville où nous nous rendons mais il n'est pas conseillé d'y mettre les pieds. Se frotter à de tels ouvrages est terriblement dangereux.

Elle s'assit près de Sebastian et le regarda dans les yeux. Elle semblait contrariée, presque inquiète.

— C'est curieux que tu aies fait ce rêve, marmonna-t-elle. Je suis bien certaine que tu n'avais jamais entendu parler de cet endroit, n'est-ce pas ?

— C'est vrai, avoua le garçon. Dans mon cauchemar, un homme m'en indiquait l'adresse : *rue du Serpent-qui-se-tortille*...

Granny Katy devint toute pâle.

— C'est la bonne adresse, en effet, souffla-t-elle. On la nomme ainsi parce qu'elle change tout le temps de place. Elle rampe à travers la ville, comme un reptile. Un jour là, un jour ailleurs. Elle se tortille et s'insinue entre les maisons, apparaissant à des endroits où on ne l'avait jamais vue auparavant. Il est très difficile de la localiser, voilà pourquoi elle ne figure sur aucun plan.

Elle se redressa nerveusement.

— Va donc te passer de l'eau sur le visage, mon garçon, ordonna-t-elle. Tu es pâle comme un squelette qui n'aurait pas vu le soleil depuis des siècles.

Sebastian sortit du compartiment pour gagner les toilettes du wagon.

— Que se passe-t-il, grand-mère ? s'inquiéta Peggy.

La vieille dame fit la grimace.

— Je n'aime pas ça, dit-elle. Sebastian a terriblement envie de redevenir normal, il ne pense plus qu'à ça depuis quelque temps et on dirait qu'une force maléfique l'a contacté au plus profond du sommeil pour lui donner de mauvaises idées.

— C'est une mauvaise idée de vouloir guérir ?

— Guérir, non, mais aller dans cette librairie fantôme, si !

— C'est donc si terrible ? s'enquit naïvement Peggy Sue.

— Et comment ! s'exclama Granny Katy. Je ne connais personne qui en soit ressorti vivant. Les livres entreposés là-bas sont des livres cannibales qui savent se défendre contre les intrus. Rares sont ceux qui ont le droit de les consulter. Si l'on entre par effraction, on risque de provoquer de terribles catastrophes. C'est comme si l'on pénétrait dans un zoo pour ouvrir la cage des fauves. Tu comprends ?

19

— Oui, gémit l'adolescente, mais je veux aussi que Sebastian guérisse.

— Nous le voulons tous, ma pauvre petite, soupira la vieille dame.

— Pas moi, fit le chien bleu, je trouve ça marrant de pouvoir se changer en sable. Moi, j'aimerais bien me changer en croquettes pour chien, comme ça je me mangerais moi-même.

Au même instant, le contrôleur passa dans le couloir, annonçant que le train entrerait en gare dans cinq minutes.

— Ysengrin-les-Deux-Tourelles ! criait-il. Terminus, tout le monde descend.

Le chien bleu se dépêcha de bondir hors du wagon ; il détestait les voyages en chemin de fer. Il n'était pas fâché de voir se profiler une nouvelle aventure à l'horizon car, ces derniers mois, pendant que Peggy Sue et Sebastian filaient le parfait amour, il s'était ennuyé comme un asticot coincé dans une bouteille bouchée. Il était temps que ça change ! Cette histoire de librairie démoniaque lui plaisait bien et il avait hâte de se lancer à la recherche de cette rue mystérieuse qui changeait tout le temps de place. À la différence des humains, le chien bleu n'aspirait pas à la tranquillité. Il aimait que ça bouge, que ça hurle et que ça frissonne. Pour un peu, il en aurait jappé de joie comme un jeune chiot.

Peggy Sue et Sebastian avançaient en se tenant la main, tous les deux encore étourdis par les cauchemars qui les avaient assaillis pendant leur sommeil.

— C'était sûrement un rêve prémonitoire, insista le garçon. Si je trouvais cette librairie, je pourrais consulter le grimoire. Je saurais alors à qui m'adresser pour en finir avec la malédiction du sable. Je deviendrais un adolescent comme les autres, pas une espèce de monstre qui tombe en poussière dès qu'il s'assèche.

Peggy ne répondit pas. Elle souhaitait, bien sûr, que Sebastian guérisse, mais elle n'aimait pas le voir dans cet état d'énervement, prêt à faire n'importe quoi.

— Peut-être vais-je rencontrer cet homme qui est apparu dans mon rêve ? souffla-t-il. Quelque part dans cette ville ? Alors il me donnera l'adresse et…

— Ne t'emballe pas, intervint Granny Katy. Je vais téléphoner à une vieille amie qui habite ici, une sorcière qui se fait passer pour une marchande de crêpes à la confiture. Elle saura me renseigner.

En fait, Peggy Sue venait à Ysengrin pour consulter une magicienne spécialisée dans les sorts oculaires susceptibles de la guérir définitivement de sa myopie. Cette femme, très âgée, n'exerçait plus, mais comme Katy Flanaghan lui avait rendu un grand service dans sa jeunesse, elle avait accepté de traiter le cas de Peggy pour rembourser sa dette. C'était une épouvantable vieille femme, très laide et peu aimable. On disait que son père avait été un prince transformé en crapaud et sa mère une grenouille métamorphosée en princesse. Le résultat de leurs amours n'avait rien donné de très agréable à regarder. Elle avait l'air d'un lézard déguisé en momie pour la fête d'Halloween.

— Bonjour, madame, dit Peggy Sue guère rassurée. Je voudrais y voir parfaitement bien sans lunettes… et aussi être débarrassée de tous les pouvoirs dont on m'a affublée. Ce serait super si je cessais de voir des fantômes, et aussi si vous pouviez m'enlever le pouvoir que le vent 455 m'a donné lors de ma dernière aventure [1]. Il croyait bien faire, mais c'est très gênant. Chaque fois que j'éternue, je flotte dans les airs pendant vingt minutes. C'est difficile, ensuite, de passer pour une fille normale !

La sorcière grommela, puis esquissa des gestes étranges au-dessus de la tête de Peggy ; pour finir, elle lui cracha sur chaque œil et déclara :

— Voilà, tu es guérie, fiche le camp, sale gosse. Tu diras à cette peste de Katy Flanaghan que je ne lui dois plus rien. Qu'elle aille au diable !

— Quelle affreuse mégère, soupira Peggy en quittant l'immeuble.

— C'est vrai, grogna Sebastian, mais toi, au moins, tu es guérie. Tu n'auras plus jamais besoin de lunettes ni de lentilles. Tu as désormais des yeux de lynx qui verront dans l'obscurité et une vue aussi puissante que celle d'un aigle.

1. Voir *Le Zoo ensorcelé*.

Peggy Sue serra la main du garçon.

— Allons, chuchota-t-elle, ne perds pas espoir. Grand-mère est allée se renseigner. Nous saurons bientôt s'il est possible de trouver la librairie fantôme dont tu as rêvé. Au moins, ici, tu n'auras pas de problème pour conserver ta forme humaine, l'eau est l'une des plus pures du pays. Dès que tu te dessécheras, tu n'auras qu'à prendre une douche et tout rentrera dans l'ordre.

2

La maison du bourreau

Quand ils rentrèrent à l'hôtel, la vieille dame les attendait, un sourire de satisfaction lui plissait le visage. Avant toute chose, elle examina les yeux de Peggy Sue et poussa un sifflement d'admiration.

— Du beau travail, murmura-t-elle. Cette tortue décrépite possède encore de sacrés pouvoirs. Elle ne t'a pas confié de message à mon intention ?

— Si... bredouilla Peggy, elle m'a dit de... de te saluer en souvenir du bon vieux temps.

— Hum, grommela Katy Flanaghan. Soit tu es trop gentille, soit cette vieille vache momifiée perd la mémoire, mais bon, passons...

— Avez-vous pu obtenir des renseignements sur la rue du Serpent-qui-se-tortille ? coupa Sebastian que ces bavardages importunaient.

— Du calme, mon garçon, fit Katy. Il faut prendre le temps de réfléchir. J'ai effectivement vu mon amie, elle m'a dit ce que je voulais savoir en me mettant toutefois en garde contre les dangers d'une telle entreprise.

L'entrée de la rue se cache derrière une affiche collée sur un mur. Quand on déchire cette affiche, on démasque un passage qui permet de pénétrer dans la ruelle du serpent.

— D'accord, fit Peggy. Mais de quelle affiche s'agit-il ? Les murs de la ville en sont couverts !

— Il s'agirait d'une publicité annonçant le passage d'un cirque qui n'existe pas. Le cirque Diablo. Personne n'y fait jamais attention parce qu'elle est sale et tout abîmée.

— Allons-y ! lança le chien bleu, la ville est grande et nous ne sommes pas au bout de nos peines.

Après s'être munis d'un plan d'Ysengrin-les-Deux-Tourelles, nos amis se lancèrent dans l'exploration des rues, travail fastidieux et épuisant.

— J'en aurai bientôt les pattes usées jusqu'au ventre, gémit le chien bleu, si ça continue je vais finir par ressembler à un serpent et c'est moi qui me tortillerai sur les pavés, oui !

Peggy Sue cochait sur la carte toutes les rues et avenues parcourues en vain. Tout à coup, alors que la petite troupe s'engageait dans une ruelle sombre et déserte, Sebastian poussa un cri.

— Là ! *Le cirque Diablo !*

Sur le mur grisâtre, sillonné de lézardes, s'étalait une étrange affiche noir et jaune montrant une face de clown grimaçante. Un clown à l'expression diabolique dont le sourire avait quelque chose de méchant. Derrière lui, on avait dessiné des lions et des panthères qui

25

Bibliothèque
École Notre-Dame

semblaient dévisager les passants avec l'air de dire :
« Attends un peu que je bondisse hors de cette affiche
et tu feras moins le malin, va ! »

L'ensemble ne donnait pas du tout envie d'assister
à la représentation.

— Drôle de truc, grogna le chien bleu. C'est à
croire qu'ils ont l'habitude de jeter les spectateurs
dans la cage des fauves à la fin du spectacle.

Peggy Sue s'approcha du rectangle de papier et
l'effleura du bout des doigts. Elle eut un hoquet de
surprise.

— Ce n'est pas du papier, haleta-t-elle, c'est de la
peau vivante ! Ça respire et c'est chaud…

Comme pour lui donner raison, la face du clown se
déforma, sa bouche peinturlurée s'ouvrit, démasquant
des dents de lion. L'adolescente fit un bond en arrière.

— Mes enfants, soupira Granny Katy, il faut
prendre une décision. L'entrée de la rue du Serpent est
derrière cette image. À vous de savoir si vous désirez
vraiment continuer.

— Pas question d'abandonner ! rugit Sebastian en
tirant un couteau de sa ceinture. J'irai jusqu'au bout,
quoi qu'il arrive.

Brandissant son arme, il se jeta sur l'affiche ensor-
celée qu'il fendit de haut en bas. Le clown poussa un
hurlement de rage et les animaux dessinés rugirent
sourdement. Du sang coulait de l'image déchirée. Par
l'ouverture ainsi pratiquée on distinguait une autre ruelle
tout aussi grise, tout aussi triste. La rue du Serpent-qui-
se-tortille. *La rue qui n'existait pas !*

— En avant ! clama Sebastian, et il se glissa dans l'ouverture.

Peggy, le chien bleu et Granny Katy lui emboîtèrent le pas. En l'espace d'une fraction de seconde ils furent de l'autre côté, foulant le pavé de la ruelle.

Derrière eux, l'affiche se referma telle une blessure qui cicatriserait en accéléré.

— Drôle d'endroit, murmura Peggy Sue. Même un cafard n'y passerait pas ses vacances.

La sente étroite qui s'étirait devant elle se composait d'un passage sinueux aux pavés disjoints coincé entre deux murailles grises sans portes ni fenêtres. Des murailles si hautes qu'elles semblaient se perdre dans les nuages. Du brouillard suintait d'entre les pierres, les pavés remuaient tout seuls comme une multitude de tortues avançant carapace contre carapace. Il était difficile de conserver son équilibre.

— Nous nous trouvons dans une impasse, murmura Granny Katy. Regardez : la librairie occupe le fond de la ruelle. On ne peut aller nulle part ailleurs.

Peggy Sue plissa les yeux pour scruter l'échoppe démoniaque coincée entre les murailles grises. Elle fut surprise de constater que son aspect n'avait rien d'effrayant.

— C'est bizarre, chuchota-t-elle, je m'attendais à une devanture lugubre, toute noire, avec des décorations à têtes de diable et des toiles d'araignée partout dans la vitrine.

— Moi aussi, avoua Sebastian. Au lieu de ça, on dirait… un… un magasin de jouets !

C'était vrai. La boutique était peinte en bleu clair, avec un fronton doré qui la faisait ressembler à un théâtre de marionnettes. Le seul point troublant consistait dans le fait qu'elle comptait *trente-deux* étages, ce qui est assez inhabituel pour une librairie, même bien fournie.

Le chien bleu fit quelques pas, flairant le brouillard.

— Prudence, il pourrait s'agir d'une illusion destinée à nous berner, grogna-t-il. En réalité nous sommes peut-être au pied d'un château lépreux rempli de chauves-souris assoiffées de sang frais.

Alors qu'ils avançaient d'un pas prudent, le brouillard se dissipa soudain et une curieuse barrière rougeâtre apparut, une sorte de barricade interdisant aux visiteurs de s'enfoncer dans la ruelle.

— C'est quoi ? s'étonna Peggy Sue. On dirait des morceaux de fer… Ou plutôt des épées. Mais oui ! Ce sont des épées couvertes de rouille plantées entre les pavés.

Il y en avait une bonne centaine, d'une taille extravagante, et dont la lame était plus large qu'un bras.

— Des épées de géant, murmura le chien bleu. Elles sont là depuis longtemps si j'en juge par la croûte d'oxydation qui les enveloppe.

Granny Katy fit la grimace et posa la main sur l'épaule de Peggy, l'empêchant d'aller plus loin.

— Oh, zut ! souffla-t-elle. J'espérais que cela n'arriverait pas, nous n'avons pas de chance.

— De quoi parles-tu ? s'inquiéta la jeune fille.

— Hé ! intervint Sebastian. Il y a une porte dans la muraille. Le brouillard la cachait jusqu'à maintenant. Quelqu'un habite là… Vous avez vu cette enseigne ?

Un écusson de fer, rouillé lui aussi, se balançait au bout d'une chaîne au-dessus de la porte voûtée. On y avait tracé une inscription en lettres gothiques qui annonçait :

Maison du Bourreau

— Wao ! hoqueta le chien bleu. C'est pas bon ça…

— Parlez moins fort et restez immobiles, murmura Granny Katy. Je vais vous expliquer de quoi il retourne. Jadis, au Moyen Âge, chaque ville avait son bourreau, mais les gens en avaient très peur et refusaient qu'il habite à proximité de chez eux. À Ysengrin, le bourreau officiel a très mal pris la chose, il a donc décidé d'élire domicile à l'intérieur de la ruelle du Serpent ; cela lui permettait de demeurer en ville sans vraiment y être puisque ce chemin est magique et n'existe sur aucune carte. De plus, il a rapidement découvert qu'en vivant dans cette ruelle il se trouverait affranchi de l'écoulement du temps et resterait immortel tant qu'il aurait des têtes à couper…

— Immortel ? bredouilla Peggy Sue. Ça veut dire qu'il est encore là ?

29

— S'il est là, il ne doit pas être en très bon état, ricana Sebastian, car on ne coupe plus les têtes depuis longtemps.

— Je vais aller jeter un coup d'œil, proposa le chien bleu. Ne bougez pas.

Trottinant entre les épées, il se faufila jusqu'à la porte de la remise et risqua un bref regard à l'intérieur.

— Rien à craindre, il est mort, annonça-t-il en rejoignant le petit groupe. Il est toujours là, mais réduit à l'état de squelette. Un squelette géant affaissé entre les bras d'un fauteuil. Autour de lui ce ne sont qu'instruments de torture, haches et billots. Rien de très réjouissant. Les toiles d'araignée et la rouille recouvrent tout.

— Tu es certain qu'il est vraiment mort ? insista Peggy.

— Oui, assura l'animal. Un gros tas d'os jaunes. Il doit être dans cet état depuis trois ou quatre siècles. Il y a peu de chances qu'il se réveille.

— J'en suis moins certaine que toi, haleta Granny Katy. Je pense que les puissances infernales qui vivent dans cette ruelle l'ont engagé pour en être le gardien. Personne n'est entré ici depuis longtemps, c'est vrai, mais notre intrusion pourrait changer les choses. Je vous supplie d'avancer en silence.

Peggy Sue savait que sa grand-mère ne parlait jamais à la légère. Hélas, Sebastian ne tenait plus en place. Il n'avait qu'une envie : galoper vers le fond de la ruelle pour pousser la porte de la librairie enchantée.

Peggy le saisit par le poignet et lui souffla : « Ne fais pas l'idiot, il y a du danger ! »

Comme tous les garçons, Sebastian était souvent trop sûr de lui.

À pas de loup, ils avancèrent donc vers la barrière formée par les épées. Très vite, le chien bleu se mit à remuer les oreilles.

— Vous n'entendez pas ? lança-t-il. Ce bruit… Ce tintement…

Peggy n'avait pas l'ouïe aussi fine que son ami à quatre pattes, pourtant elle finit par repérer un son aigu pareil à celui d'un diapason.

— Ça fredonne… chuchota-t-elle. Oh ! je sais de quoi il s'agit. Nos semelles produisent des vibrations chaque fois qu'elles heurtent les pavés, ces vibrations sont captées par les épées qui les amplifient. Ce que nous entendons, c'est le chant des lames.

Ils eurent beau faire attention, les épées ne cessèrent pas de chanter. En fait, la musique qui s'élevait de leur tranchant devenait plus forte au fur et à mesure que les intrus se rapprochaient d'elles. Une plainte stridente vibrait à présent dans la ruelle, se répercutant en échos interminables le long des murailles.

— Les vibrations sont en train de faire tomber la rouille, remarqua Sebastian. Voyez ! Le métal brillant apparaît par en dessous.

Un métal brillant, oui… et affreusement coupant si l'on en jugeait par les reflets lumineux dansant sur le fil des sabres.

Peggy sentait la sueur lui mouiller le front. Toute la forêt d'épées fredonnait désormais, et la musique qui en résultait évoquait le sifflement d'une sirène d'alarme.

— On dirait qu'elles essayent de réveiller le bourreau, murmura-t-elle.

— Mais non, éluda le chien bleu, puisque je te dis que le bonhomme n'est plus qu'un tas d'os ! Je vais d'ailleurs essayer d'en chiper un au passage. Il avait de gros tibias cet exécuteur. J'aime bien les squelettes, ils ont beau être vieux, ils sont toujours pleins de vitamines.

— Arrête ! supplia Peggy. Ne fais pas de bêtises !

Déjà, le chien bleu s'était faufilé entre les épées pour s'introduire dans l'antre du bourreau. Toutefois, à peine franchi le seuil, il se figea.

— Oh, oh ! souffla-t-il. Il se passe quelque chose de pas normal ici… *Le squelette est en train de se recouvrir de muscles…* Nom d'une saucisse atomique ! Le bonhomme se reconstitue !

— Voilà ce que je redoutais, haleta Granny Katy. Il se réveille. Le chant des épées travaille à le sortir du néant. Depuis que nous sommes entrés dans la ruelle il y a de nouvelles têtes à couper… C'est ce que crient les lames ! Voyez comme elles se sont débarrassées de leur couche de rouille. Elles sont de nouveau prêtes à servir. Ne leur manque qu'une main pour les empoigner, la main de leur maître, la main du bourreau. Elles vont crier de plus en plus fort pour le ramener à la vie.

— Il faut franchir ce barrage sans traîner ! s'exclama Sebastian. Une fois de l'autre côté, nous courrons jusqu'au magasin pour nous y enfermer.

C'était malheureusement plus facile à dire qu'à faire, car les épées, voyant se rapprocher les intrus, se tordaient et se penchaient pour les empêcher de passer. Dès qu'on les frôlait, elles entaillaient les vêtements comme l'aurait fait une lame de rasoir. Peggy dut se jeter de côté à plusieurs reprises pour éviter de se faire couper le nez ou les oreilles. Les épées gigotaient ; on eût dit qu'elles allaient s'arracher de terre et s'envoler. Leur chant aigu blessait le tympan.

— Vite ! hurla le chien bleu, le bourreau est presque entièrement recouvert de muscles… Ce n'est plus un squelette, c'est un écorché. Des organes commencent à lui pousser dans le ventre !

— Beurk ! gémit Peggy Sue en jetant un bref coup d'œil dans la maison du tourmenteur [1].

Le chien bleu se dépêcha de la rejoindre. Comme il était beaucoup plus souple et plus rapide que les humains, il réussissait sans mal à déjouer les attaques des sabres.

— Vite ! Vite ! criait-il, le bourreau bouge déjà… Si vous êtes encore là quand il se redressera, il vous tranchera la tête.

1. Au Moyen Âge, on appelait également les bourreaux de cette manière.

Effectivement, Peggy percevait des bruits sourds en provenance de la sinistre officine, comme si le corps de l'exécuteur, en se reconstituant, était agité de mouvements incontrôlables. Un écorché, avait dit le chien bleu ? Peggy Sue se représenta mentalement l'image qu'en donnait son manuel de sciences naturelles. Vrai, elle ne tenait pas à voir ce genre de truc se lancer à sa poursuite !

Le chien et Sebastian avaient réussi à franchir le barrage, ils s'attaquèrent aux armes blanches pour détourner leur attention et permettre à Peggy et à sa grand-mère de passer sans trop de mal. Le garçon bombardait les lames de cailloux, l'animal aboyait. Enfin, la jeune fille et la vieille dame parvinrent de l'autre côté de la barrière d'acier tranchant. Leurs vêtements étaient en lambeaux mais elles n'avaient laissé derrière elles aucun morceau de leur anatomie. Peggy Sue jeta un dernier coup d'œil dans la tanière du maître des basses œuvres… L'écorché était en train de s'habiller d'une peau rose semée de poils roux.

Dans trois minutes le bonhomme serait complet, il sauterait alors sur ses pieds pour faire son travail…

— Éloignons-nous des épées, haleta Granny Katy. Vite ! Si elles cessent de vibrer le bourreau se rendormira et nous n'aurons plus rien à craindre.

Titubants, les adolescents se dépêchèrent d'obéir. Au fur et à mesure, les sabres chantèrent moins fort.

— Les vibrations de nos pas diminuent avec l'éloignement, souffla Katy Flanaghan. Avec un peu de chance les épées se rendormiront avant que le bourreau soit capable de se relever.

Ils parcoururent les derniers mètres sans cesser de regarder par-dessus leur épaule, terrifiés à l'idée de voir surgir l'exécuteur, sa cagoule rouge sur la tête… Par bonheur, le fredonnement des lames s'éteignit avant que le maître des tortures ne s'éveille.

— Le problème se posera de nouveau quand nous voudrons repartir, fit remarquer le chien bleu.

— On y pensera à ce moment-là, coupa Sebastian. À présent, tous à la librairie !

3

La librairie infernale

Au fur et à mesure qu'ils avançaient, les adolescents devaient lever le nez pour tenter d'apercevoir le sommet du bâtiment.

— Ça ressemble à un grand magasin, observa Peggy Sue. Un grand magasin qui ne vendrait que des livres.

— Trente-deux étages de bouquins, c'est beaucoup, marmonna le chien bleu.

Derrière les vitrines, on voyait s'étaler à perte de vue des étagères chargées de volumes.

Le petit groupe s'immobilisa devant la porte. Elle s'ornait d'une poignée dorée en forme de stylo plume.

— Attention ! lança Sebastian. Il y a sûrement un système de sécurité. Si l'on touche à cette poignée, une aiguille empoisonnée va peut-être en sortir pour nous piquer la main…

— Je ne crois pas, dit sourdement Granny Katy. Le piège, mes enfants, c'est justement qu'il n'y a pas de piège destiné à vous empêcher d'entrer ! N'importe

36

qui peut franchir ce seuil, mais bien peu en ressortent. Cette librairie est un tombeau pour les lecteurs naïfs. J'espère que nous ne ferons pas partie du nombre.

Retenant son souffle, Peggy poussa la porte vitrée. Un agréable carillon résonna. La jeune fille passa la tête dans l'entrebâillement. Elle fut accueillie par une odeur de cuir.

— Il y a quelqu'un ? s'enquit-elle.

Mais il n'y avait personne. Seul un gros chat blanc immaculé se dressa derrière la caisse enregistreuse en cuivre, comme s'il était le propriétaire de l'étrange magasin.

Il avait les yeux rouge vif. Il feula de colère en apercevant le chien bleu et s'enfuit en bondissant par-dessus les tas de livres encombrant le parquet.

Sebastian bouscula Peggy pour entrer à son tour. Il tremblait d'impatience. Hélas, à peine avait-il fait trois pas dans la boutique qu'il laissa échapper un gémissement.

— Hé ! hoqueta-t-il. Vous avez vu ? *Il n'y a pas de titres sur les bouquins…* Sur aucun d'entre eux !

— Exact, confirma Peggy. Ni titre ni nom d'auteur. On ne peut donc pas savoir de quoi ils parlent avant de les avoir lus. Quelle drôle d'idée !

— Faites attention ! grogna le chien bleu. Je repère un tas d'odeurs bizarres. Ces livres sont couverts avec des cuirs assez inhabituels. Celui-ci est en peau de lion… celui-là en peau de panthère. Leur senteur est tellement forte qu'on croirait celle d'un animal vivant.

Peggy Sue se pencha pour toucher les grimoires. Elle eut la surprise de les découvrir couverts de poils.

— Ils sont chauds, murmura-t-elle. Ils respirent et… *ils ronronnent* !

— Des livres vivants, balbutia Sebastian. Ça ne présage rien de bon.

— En voilà un en cuir de crocodile, annonça Granny Katy. Beaucoup possèdent des dents tout autour de leur couverture. Je crois qu'il vaut mieux ne pas tenter de les ouvrir. Du moins pas tout de suite.

— Ce n'est pas une bibliothèque, fit Peggy Sue, c'est une jungle !

— Regarde ! lança le chien bleu, ceux-là, tout là-haut, sont reliés en peau de singe. Ils sont perchés sur les plus hautes étagères comme sur les branches d'un arbre.

Les jeunes explorateurs s'entre-regardèrent, abasourdis.

Le plus inquiétant, c'étaient les dimensions colossales de la librairie. Des dizaines d'échelles hautes d'une centaine de mètres permettaient d'accéder aux étagères les plus élevées, mais Peggy Sue se voyait mal les escalader sans succomber au vertige.

Sebastian se laissa tomber sur une chaise couverte de toiles d'araignée, découragé.

— Comment trouverai-je le livre que je suis venu chercher ? gémit-il. Il y en a trop, beaucoup trop… Je croyais qu'il s'agirait d'une petite librairie dont nous aurions vite fait le tour, mais là… mais là…

Granny Katy posa une main sur son épaule et dit :

— Ne te désespère pas. Un rêve t'a conduit ici, un autre t'indiquera sûrement la marche à suivre pour dénicher le grimoire qui t'est destiné. Il faut juste avoir un peu de patience. En attendant, je propose que nous nous organisions pour passer la nuit ici car le jour baisse.

Accompagnée du chien bleu, Peggy Sue entreprit d'explorer le rez-de-chaussée de la mystérieuse boutique. Elle ne s'y sentait pas vraiment en sécurité. Il lui semblait que les livres bougeaient dès qu'elle avait le dos tourné.

— C'est juste une impression, demanda-t-elle à son ami à quatre pattes, ou bien… ?

— Non, confirma l'animal. Ils bougent réellement. Il y en a même qui sautent. Celui en peau de lion vient de bâiller. Il y avait une double rangée de dents tout autour de la couverture. Ceux en peau de chimpanzé bondissent d'une étagère à l'autre, mais ils s'immobilisent dès qu'on les regarde. Je ne suis pas rassuré. Je crois que nous n'aurions jamais dû venir ici.

Peggy Sue se figea. Au détour d'un monceau de vieux bouquins moisis, elle venait d'apercevoir la momie d'un lecteur effondré sur un grimoire.

— Il est complètement desséché, constata le chien bleu, et il porte des vêtements d'un autre temps.

— Oui, souffla l'adolescente. Des habits du Moyen Âge… Cela signifie que la librairie existait déjà à cette époque.

— Là ! il y en a un autre, aboya l'animal.

Peggy examina le cadavre qui avait l'aspect d'une poupée de cuir ratatinée.

— Celui-ci est habillé comme au temps des pharaons, bredouilla-t-elle. Et le livre qu'il tient est couvert de hiéroglyphes.

— La boutique est donc là depuis des milliers d'années, en conclut le chien bleu. J'espère que nos carcasses ne s'ajouteront pas à celles de ces malheureux.

— Ce magasin doit se déplacer d'un pays à l'autre depuis la nuit des temps, dit Peggy Sue d'un ton songeur. C'est une sorte de piège pour tous ceux qui veulent s'approprier des connaissances interdites. On les laisse entrer sans problème, quant à ressortir, c'est une autre histoire.

D'un œil prudent, elle examina les milliers de livres qui l'encerclaient. Aucun n'avait de titre, ni sur la couverture ni sur le dos. On eût dit des briques anonymes. Des briques gainées de cuir… *vivant*.

— Sale histoire, grommela le chien bleu. Cette nuit j'ouvrirai l'œil. Nom d'une saucisse atomique, pas question de me laisser grignoter une oreille par l'un de ces fichus bouquins ! Quelle idée, aussi, de lire… Est-ce que je lis, moi ? Quelle perte de temps alors qu'il y a tant de bonnes odeurs à flairer. Vous avez de drôles d'occupations, vous les humains.

Comme l'obscurité emplissait la librairie, ils décidèrent de revenir sur leurs pas et de rejoindre les autres.

40

Granny Katy avait organisé une sorte de campement dans un endroit dégagé, à l'écart des volumes.

— Il est beaucoup trop tôt pour que la nuit tombe, observa-t-elle. Dans le monde réel il est seulement 15 heures, cela signifie que la rue du Serpent-qui-se-tortille n'obéit qu'à ses propres lois.

Attirant Peggy à l'écart sous le prétexte de préparer des sandwichs, elle ajouta :

— J'ai peur qu'un esprit malin n'ait décidé de nous jouer un mauvais tour en envoyant ce rêve à Sebastian. Si les Invisibles n'avaient pas disparu, je dirais que ce serait dans leur manière. Nous devons nous préparer au pire. Nous n'aurions jamais dû franchir le seuil de cette librairie.

— Tu crois qu'on va essayer de nous tuer ? demanda l'adolescente.

— Sans doute, répondit la vieille dame. Mais je crois surtout que cette sale boutique avait besoin de notre visite…

— Comment cela ?

— Je ne sais pas. C'est juste une intuition. J'ai la conviction qu'elle a tramé tout cela pour nous obliger à pousser sa porte. Regarde : depuis que nous sommes entrés, *le battant ne ferme plus*. Je suis allée trois fois de suite le refermer, il s'est rouvert aussitôt. En examinant le sol, j'ai trouvé ça…

Granny Katy tendit sa paume, au milieu reposaient les tronçons émiettés d'une pastille de cire rouge.

— Qu'est-ce que c'est ? interrogea Peggy.

— Un sceau magique qui scellait la porte, chuchota sa grand-mère. Tu l'as rompu en la faisant pivoter. Quelqu'un est venu ici, jadis, pour emprisonner les esprits mauvais qui s'entassent au long de ces étagères, et il a apposé ce cachet. Voilà pourquoi, à mon avis, la librairie nous a poussés à lui rendre visite. *Elle avait besoin d'une aide extérieure pour briser le sceau qui la transformait en prison.*

— Alors, elle s'est servie de Sebastian ?

— Oui, elle a utilisé son désir de guérir. Elle a implanté ces rêves dans son esprit pour le forcer à venir. À présent le pauvre garçon est comme envoûté, il ne voudra pas quitter le magasin tant qu'il n'aura pas mis la main sur cette fichue adresse.

Peggy était à peine allongée, la tête calée sur son sac à dos, qu'il se mit à pleuvoir…

Il pleuvait dans la librairie, mais pas dans la rue ! C'était assez désagréable mais les livres en peau de grenouille parurent apprécier cette ondée et se mirent à coasser en chœur. Le chat blanc vint se réfugier sous la caisse enregistreuse, son pelage immaculé illuminait la pièce comme s'il irradiait une lumière intérieure. Il était d'une grande beauté, seule son oreille droite présentait les traces d'une vilaine cicatrice. « On dirait qu'on a essayé de la trancher d'un coup d'épée », songea Peggy.

Elle aurait voulu se blottir contre Sebastian mais le garçon s'était retiré à l'écart, nerveux et de mauvaise humeur. Il n'avait pas envie de dormir et les ténèbres l'empêchaient de commencer à examiner les grimoires un par un. Malgré l'ampleur de la tâche, il semblait décidé à relever le défi.

Bientôt, la nuit se peupla de galopades et de cris étranges. On se serait cru dans une jungle. Au long des étagères, les livres se poursuivaient… se mordaient, et parfois se dévoraient. Les victimes poussaient des cris sinistres, les agresseurs avalaient leurs proies gloutonnement, dans un grand froissement de papier chiffonné. Allumant sa lampe de poche, Peggy surprit le manège des livres en peau de singe qui sautaient d'une étagère à l'autre avec une grande vélocité.

« Il y a probablement, quelque part, des livres recouverts de plumes qui volent au-dessus de nos têtes », songea-t-elle avec fatalisme.

La pluie ayant cessé, il se mit à neiger dans une seule pièce. Les flocons tombaient du plafond, sans qu'on puisse expliquer comment. Dans le placard à balais, un soleil torride installait une chaleur de désert. Il aurait suffi de s'y enfermer une heure pour en ressortir bruni comme un vacancier à la fin du mois d'août.

« Curieux », se dit Peggy en éteignant la lampe.

Dans les étages supérieurs, des dictionnaires recouverts de poils de loup se mirent à hurler.

— Je sais de quoi sont mortes les momies que nous avons trouvées, grogna le chien bleu. Du manque de sommeil ! Pas moyen de fermer l'œil avec un pareil tintamarre. Si cela se produit chaque nuit, nous ne tiendrons plus sur nos pattes au bout d'une semaine.

Au cours des heures qui suivirent, Peggy et le chien bleu se relayèrent pour monter la garde.

— Les livres nous encerclent… murmura tout à coup l'animal. Ils se déplacent comme des crabes. Tu ne sens pas leur odeur de marécage ?

La jeune fille se redressa. D'un bond, elle sauta par-dessus les volumes pour aller s'emparer d'un balai dans le placard rempli de soleil. Il faisait si chaud dans le réduit qu'elle faillit attraper une insolation le temps de trouver ce qu'elle cherchait.

Une fois armée de ce gourdin improvisé, elle repoussa les livres rampants. Ils claquèrent avec colère.

Brusquement, le jour revint et les grimoires reprirent leur immobilité première. Sebastian sauta sur ses pieds.

— On y va ! décida-t-il. Procédons avec méthode. Chaque fois que nous aurons exploré une étagère, nous y tracerons une marque à la craie. D'accord ?

— C'est un travail de titan, gémit Peggy. Tu aurais dû dormir, un rêve t'aurait indiqué où chercher.

— J'étais trop énervé, avoua le garçon. J'avais hâte de commencer.

— Soyez prudents, mes enfants, recommanda Granny Katy, ces livres ne sont pas vos amis, ils ne vous veulent aucun bien.

Peggy Sue ne tarda pas à vérifier combien sa grand-mère avait raison. Les livres étaient rusés, sournois.

Ils se laissaient ouvrir sans problème mais, dès qu'on commençait à les feuilleter, se refermaient brutalement sur vos doigts pour essayer de les trancher. L'adolescente se fit cruellement pincer et n'échappa à l'amputation que grâce à la rapidité de ses réflexes.

Seul Sebastian, usant de sa force surhumaine, parvenait à maintenir sans mal la gueule des grimoires ouverte. Et si l'un d'eux le mordait tout de même, étant composé de sable durci, il n'éprouvait aucune douleur.

— Sans indication nous n'arriverons à rien, souffla Granny Katy. Il faudrait trois vies de centenaires pour réussir à feuilleter le contenu de cette bibliothèque ! Sebastian a perdu l'esprit. Il y a ici des millions de volumes.

Peggy Sue jeta un coup d'œil en direction des échelles. Le sommet des étagères se perdait dans les brumes. Accéder aux rayonnages les plus élevés équivalait à escalader la paroi d'une falaise.

« Cette échelle doit compter un bon millier de barreaux ! » songea la jeune fille.

— Ce chat blanc est peut-être le maître de la librairie ? dit Peggy en se tournant vers sa grand-mère. Ne pourrait-il s'agir d'un démon familier ?

— Possible, fit Katy Flanaghan. Demande au chien bleu de sonder son esprit par télépathie.

— Moi, entrer dans la cervelle d'un chat ! glapit l'animal. Vous n'y pensez pas ! Il est probable que ça produirait une explosion psychique qui nous laisserait tous les deux à peu près aussi intelligents qu'une part de clafoutis.

Peggy Sue n'insista pas mais se tourna vers le matou.

— Qui es-tu ? lui demanda-t-elle. Es-tu le guide de cette bibliothèque ? Doit-on s'adresser à toi pour savoir où se trouve le livre qu'on cherche ?

— À tous les coups c'est un démon, grogna le chien bleu, sinon il n'aurait pas pu survivre dans la boutique, les grimoires l'auraient dévoré.

Le chat blanc miaula plaintivement et se détourna. En deux bonds, il disparut derrière une montagne de vieux bouquins.

Peggy décida de raisonner Sebastian qui continuait à feuilleter les traités de magie avec l'énergie d'un culturiste soulevant des poids.

— On n'y arrivera jamais de cette manière, lui murmura-t-elle. D'autres ont essayé avant nous, leurs momies reposent derrière ces montagnes de grimoires. Il va nous arriver la même chose.

— Tu ne comprends pas ! haleta Sebastian les yeux brillants de fièvre. Si je ne trouve pas le moyen de guérir on ne pourra pas continuer, toi et moi. Ce sera fini, il faudra se séparer. Je suis un monstre, tu ne peux pas vivre avec un monstre. Si cette librairie ne me fournit pas le moyen de me débarrasser de la malédiction du sable, je m'en irai, et tu ne me reverras jamais plus. Il n'est pas question que je gâche ta vie.

Peggy sentit une grosse boule se former dans sa gorge et elle n'osa prononcer un mot de peur de fondre en larmes. Sebastian n'était pas dans son état normal, cela se voyait au premier coup d'œil.

D'ailleurs, le garçon la planta là pour s'enfoncer dans les profondeurs de la librairie. Il ouvrait les livres et les rejetait avec fureur.

— Tu ne peux pas le désenvoûter ? demanda Peggy à sa grand-mère.

— Non, soupira celle-ci. Je ne suis qu'une petite sorcière de campagne. De tels prodiges me dépassent.

— Hé ! hurla soudain Sebastian. Venez voir ça… Il y a un bassin.

Peggy et le chien bleu se précipitèrent. Dissimulé par un rempart de dictionnaires poussiéreux, un vaste bassin de pierre trouait le sol dallé. Une eau claire le remplissait.

— Il est presque aussi grand qu'une piscine, souffla Peggy. Et beaucoup plus profond…

— Regardez ! cria le chien bleu. Des trucs nagent au fond, mais ce ne sont pas des poissons…

— Des livres ! hoqueta l'adolescente. Des livres en peau de requin ! Leurs couvertures sont bordées de dents.

— Ce sont sans doute des livres rares, siffla Sebastian. Des livres importants. On les a mis là pour qu'ils soient à l'abri de la curiosité des intrus. Le grimoire qui m'intéresse se trouve sûrement parmi eux.

— Tu ne vas pas plonger, tout de même ? protesta Peggy Sue. Regarde comme ils claquent des mâchoires. Ils vont te dévorer.

— Mais non, je suis fait de sable, je ne risque rien.

47

Déjà, le garçon arrachait ses vêtements. Dès qu'il fut en slip, il sauta dans l'eau au milieu d'une gerbe d'éclaboussures.

— Ces grimoires ne peuvent être lus que sous l'eau, intervint Granny Katy. Si tu les sors à l'air libre ils mourront, comme des poissons tirés au sec, et tout ce qui est écrit sur leurs pages s'effacera aussitôt. Tu comprends ce que cela implique ? Tu vas devoir passer un temps fou au fond de ce bassin.

— Je sais, lança Sebastian. Ne vous inquiétez pas, je m'en sortirai.

Et il plongea.

Peggy Sue s'agenouilla au bord du réservoir. Elle n'aimait pas la lueur verdâtre qui émanait du fond tapissé d'algues. Les volumes en peau de requin se déplaçaient avec rapidité et souplesse, se servant de leurs pages comme de nageoires. Dès qu'ils détectèrent la présence du jeune homme, ils nagèrent à sa rencontre tel un groupe de plongeurs de combat prêt à en découdre. Sebastian les évita adroitement, passant sous leurs ventres pour les prendre à revers. Lorsqu'il se trouva derrière la horde de livres, il captura l'un d'eux en l'empoignant par les deux parties de sa couverture. Sebastian était très fort ; de plus, sa nature inhumaine le dispensait de remonter à la surface pour respirer.

Mécontents, les grimoires le mordirent aux jambes. Ils claquaient si violemment qu'ils auraient sectionné sans peine le mollet d'un être normalement constitué. Heureusement, le sable durci dont Sebastian était composé résistait sans mal à ces attaques.

Un quart d'heure s'écoula. Peggy ne tenait plus en place. Au fond du bassin, Sebastian s'appliquait à déchiffrer le texte de l'ouvrage qu'il avait capturé mais l'eau le gênait, et il avait du mal à lire les mots imprimés sur les pages.

Sans cesse, les grimoires-requins revenaient à la charge, le harcelant, lui mordant l'épaule, le bras. Le garçon les repoussait distraitement.

— Il fait une erreur en se croyant invincible, murmura Granny Katy. S'il reste trop longtemps immergé, l'eau, qui a d'abord consolidé le sable dont il est composé, va ensuite le diluer et le ramollir. C'est ce qui se passe quand on construit un château, au bord d'une plage, et qu'on le mouille trop abondamment : il s'écroule. Sebastian doit sortir de ce bassin avant de se dissoudre comme un sucre dans un verre de thé glacé.

Peggy Sue sentit ses cheveux se dresser. Elle n'avait pas pensé à cela ! Elle agita les bras pour attirer l'attention du jeune homme, hélas, celui-ci, plongé dans sa lecture, ne la voyait pas.

Elle tenta de lui expédier un message télépathique sans réussir à établir le contact.

— Normal, observa le chien bleu, les ondes mentales voyagent mal dans l'eau.

— Je vais plonger, décida Peggy en ôtant ses vêtements. J'essayerai de communiquer par gestes.

— Tu es folle ! protesta l'animal. Les livres vont te mettre en pièces.

— Je n'ai pas le choix, riposta l'adolescente.

— Dans ce cas je plonge avec toi, décida le chien.

Peggy fouilla dans son sac à dos pour récupérer son couteau de chasse et le glissa entre ses dents, après quoi, elle sauta dans le bassin. Le chien bleu l'imita tandis que Granny Katy se tordait les mains de désespoir.

L'eau était affreusement glacée et Peggy suffoqua. De la surface on n'imaginait pas combien le réservoir était profond ; une fois immergé, cependant, on comprenait que cette cuve de pierre descendait très bas dans la terre, à la façon d'un puits. Des visages grimaçants avaient été sculptés sur les parois, leurs traits difformes semblaient bouger dans les remous. Immédiatement, la jeune fille et le chien durent repousser une attaque des livres-requins. L'adolescente leur distribuait de féroces coups de coutelas, l'animal les mordait à belles dents. Toutefois il n'était pas facile de les blesser car la peau de requin est l'une des plus résistantes au monde, et elle peut écorcher vif un plongeur avec la même efficacité qu'une ponceuse électrique [1] !

Sebastian, ignorant le combat qui se déroulait au-dessus de lui, poursuivait sa lecture, tournant fiévreusement les pages écailleuses du livre qu'il avait capturé.

Peggy réussit enfin à attirer son attention et lui fit signe qu'il était temps de remonter. Elle le toucha à l'épaule pour lui faire comprendre que son corps s'amollissait. S'il s'obstinait à demeurer immergé, il se changerait bientôt en une bouillie de sable qui

1. Exact !

s'éparpillerait au fond du bassin. Le garçon battit des paupières. Il avait l'air en proie à une extrême confusion. Il se cramponnait au bouquin comme un petit garçon à son ours en peluche.

Peggy dut s'éloigner car un livre venait de la mordre à l'épaule. Un mince filet de sang se répandit dans l'eau. Cet incident tira Sebastian de son engourdissement. Sans lâcher le grimoire, il se porta au secours de la jeune fille.

Gagner la surface ne fut pas une mince affaire, car les habitants du bassin essayaient de leur manger les pieds. Les deux adolescents et le chien réussirent tout de même à se hisser sur la terre ferme.

À peine tiré au sec, le livre rapporté par Sebastian fut pris de convulsions, tel un poisson sorti de l'eau.

— Oh ! gémit le garçon, regardez, il est en train de mourir. Ses pages s'effacent les unes après les autres… Il y avait une liste de sorciers et de sortilèges. Je n'ai pas pu la lire jusqu'au bout.

— Ne t'inquiète pas, soupira Granny Katy. Il y a, entre ces murs, des milliers d'autres livres contenant des milliers d'autres listes. Et c'est bien là le problème !

4

Chat blanc, chat tigré…
Cravate unie, cravate rayée?

Le soir, alors que nos explorateurs se rassemblaient pour partager leurs provisions, Peggy Sue vit un chat tigré jaillir d'entre les étagères et filer vers la sortie. Son pelage, d'un blanc éblouissant, était rayé de bandes noires. Il avait l'air d'un tigre des neiges. En deux secondes, il se glissa par la porte entrouverte et bondit dans la rue du Serpent-qui-se-tortille. S'approchant de la vitrine, Peggy l'observa pendant qu'il galopait vers le bout de la ruelle. Après s'être adroitement faufilé entre les épées plantées à l'orée de la maison du bourreau, il bondit, creva l'affiche du cirque Diablo et disparut dans le monde réel.

— Bizarre, souffla la jeune fille.

— Il y aurait donc deux chats dans cette librairie, grommela le chien bleu. C'est deux de trop à mon avis.

— Il ressemblait beaucoup à l'autre chat, le blanc, fit Peggy d'un ton songeur. Mais en rayé…

Elle ne savait pourquoi, mais cet incident la troublait.

Ils mangèrent en silence car ils étaient tous moroses. Peggy Sue souffrait de la morsure infligée par le livre-requin. En outre, sa vue se fatiguait. À force de déchiffrer des parchemins toute la journée, elle finissait par avoir l'illusion que les mots bougeaient tout seuls sur les pages, comme s'ils trépignaient d'impatience. Gagnée par la migraine, elle avait dû interrompre sa lecture.

« C'est bête, songea-t-elle, je suis en train d'user mes yeux tout neufs ! Si ça continue je vais redevenir myope… »

La nuit s'installant, ils se couchèrent sur le sol pour prendre un peu de repos. Peggy dormait depuis une heure quand elle fut réveillé par un chatouillis en provenance de sa main droite. Elle ouvrit un œil. Un insecte noir plein de pattes se promenait sur sa paume ouverte. Elle se redressa, secouant le bras avec dégoût pour se débarrasser de la bestiole. Au même instant, elle constata que des *centaines* d'insectes couraient sur les livres, tels d'affreux petits scarabées nocturnes. Il en sortait de partout. L'adolescente bondit sur sa lampe et l'alluma. Effrayées par la lumière, les bestioles coururent se cacher dans les interstices qui séparaient les livres sur les rayons des bibliothèques.

— Voilà autre chose ! grogna le chien bleu. Si la vermine s'y met, ça va vraiment devenir une partie de plaisir.

— Tu as vu ? haleta Peggy. Il y en avait des milliers.

— Oui, une véritable invasion. J'espère qu'ils ne comptaient pas nous dévorer pendant notre sommeil…

Les deux amis eurent du mal à se rendormir. Quand le jour se leva, Peggy dévisagea le chien bleu avec stupeur.

— Hé ! s'exclama-t-elle. Hier, ta cravate était bleu uni, non ?

— Oui, confirma l'animal, pourquoi ?

— Ce matin, elle est bleue avec des rayures noires… Tu en as changé pendant la nuit ?

— Bien sûr que non, tu sais bien que je ne peux pas faire les nœuds puisque je n'ai pas de mains. Mais c'est vrai qu'elle est rayée… Je n'y comprends rien. Quel est ce tour de magie ?

À la même seconde, le carillon de la porte tinta et le chat qui s'était enfui la veille dans le monde réel rentra dans la boutique. *Il était de nouveau entièrement blanc !*

— Il a perdu ses rayures ! hoqueta Peggy Sue.

— Mais non, objecta le chien bleu, il doit s'agir de l'autre, celui qui est tout blanc. Il sera sorti se promener pendant que nous dormions.

— Sans doute, murmura Peggy, pourtant j'ai l'impression qu'il n'y a qu'un chat dans la librairie. Tantôt il est blanc, tantôt il est tigré.

— Ça n'a pas de sens !

— Je sais. La prochaine fois que le tigré passera, essaye de vérifier ses oreilles. Si l'une d'elles est tranchée, c'est qu'il s'agit bel et bien du même chat.

Sebastian, pressé de reprendre le travail, leur laissa à peine le temps de déjeuner. Ils durent repartir à l'assaut des rayonnages pour feuilleter les livres magiques. Chaque fois qu'elle en déplaçait un, Peggy s'attendait à voir décamper l'un des scarabées entraperçus au cours de la nuit. Elle entendit Sebastian jurer dans son dos.

— Qu'y a-t-il ? demanda-t-elle.

— Rien, grommela distraitement le garçon, un insecte qui courait entre les pages du livre, je l'ai écrasé d'un coup de poing.

Peggy allait le prier de faire attention quand elle vit le chat tigré sauter d'une étagère. Il avait une oreille tranchée mais... ses rayures n'étaient plus les mêmes que la veille ! Elles paraissaient moins nombreuses et plus épaisses.

— Hé, toi ! cria l'adolescente, viens un peu ici !

Le matou lui fila entre les jambes et courut vers la sortie. l'instant d'après il galopait dans la ruelle en direction du monde réel.

« Il s'agit donc bien du même et unique chat, songea Peggy Sue interloquée. La plupart du temps il est blanc, mais il lui arrive d'enfiler un costume rayé pour aller se promener dans l'autre dimension. Du diable si je comprends quelque chose à ce manège ! »

Le climat de mystère qui régnait dans la librairie lui pesait de plus en plus.

« J'espère que nous n'avons pas déclenché une catastrophe à notre insu, se dit-elle. Granny Katy avait raison de nous mettre en garde, je crois que nous aurions dû l'écouter. »

Reprenant son travail de lecture, elle eut la surprise de découvrir que beaucoup de livres étaient remplis de pages blanches.

« Ils sont peut-être munis d'un système de sécurité, pensa-t-elle. Ils s'effacent dès que nous les ouvrons de manière que nous ne puissions lire leur contenu. »

Elle fit part de ses observations à sa grand-mère.

— Tu as raison, admit la vieille dame. Depuis ce matin j'ai feuilleté une bonne dizaine de livres blancs. Hier, quand nous avons commencé, il n'y en avait aucun.

Sebastian les écoutait, perplexe. Levant le bras, il se gratta la tête.

— Hé ! fit Peggy Sue, c'est quoi cette tache sur ta main ?

— C'est l'insecte que j'ai écrasé tout à l'heure, répondit le garçon, je me suis lavé mais ça ne s'efface pas.

— Montre un peu, ordonna Katy Flanaghan.

Elle se pencha sur la paume du jeune homme. La macule noirâtre semblait profondément imprimée sur la peau, comme tatouée…

— On voit encore les pattes ! remarqua le chien bleu.

— Non, corrigea la vieille dame, ce ne sont pas des pattes mais des jambages.

— Des quoi ? grogna l'animal.

— Des lettres ! hoqueta Peggy qui venait de tout comprendre. Oh ! non ! ce n'est pas un insecte que tu as écrasé, *c'est un mot*…

— Quoi ? balbutia Sebastian.

— Un mot imprimé qui s'est échappé d'un livre, expliqua fiévreusement Peggy. Ce ne sont pas des scarabées qui courent dans la bibliothèque, *ce sont les mots qui sortent des livres !* Voilà pourquoi les pages deviennent blanches… Les textes imprimés sont en train de s'enfuir.

— Nom d'une saucisse atomique ! aboya le chien bleu. Les rayures du chat… Alors ?

— Oui, confirma Peggy Sue. Les rayures sont formées de mots superposés. Des centaines de mots qui se chevauchent jusqu'à former des traits noirs. C'est un camouflage, ils se servent du chat pour sortir de la librairie et s'en aller dans le monde réel.

— Mais oui ! gronda le chien. Ils se sont accumulés sur ma cravate en croyant que j'irais, moi aussi, me promener comme le chat. Ils utilisent les animaux comme des véhicules.

— Voilà la catastrophe que je redoutais, soupira Granny Katy. Le contenu des livres est en train d'envahir notre monde. Je ne sais absolument pas ce qui peut en résulter mais je comprends pourquoi on nous a attirés ici. Ces mots magiques étaient retenus prisonniers, ils voulaient s'enfuir. Nous leur en avons fourni le moyen.

— Des mots… balbutia Sebastian. Vous voulez dire que les livres sont tous en train de s'effacer ?

— Ils se vident, mon garçon, confirma la vieille dame, comme une bouteille fêlée. Leurs petits prisonniers ont décidé de reprendre leur liberté. Ils galopent dans toutes les directions, comme des fourmis.

Peggy Sue prit la main de Sebastian et l'examina de plus près. La tache noire bougeait sur l'épiderme du jeune homme.

— Quand tu l'as frappé, le mot s'est imprimé sur ta peau, conclut-elle. Mais il voudrait partir. Regarde, il continue à remuer. Ça fait comme un tatouage vivant.

— C'est répugnant ! déclara le chien bleu. Moi, à ta place, je me couperais la main plutôt que de laisser cette sale petite chose trotter sur moi.

À présent, la jeune fille comprenait pourquoi, la veille, elle avait eu l'illusion que les lignes imprimées s'agitaient sous ses yeux. Cela ne provenait pas d'une quelconque fatigue oculaire, *les mots bougeaient réellement*.

« Ils étaient en train de s'arracher des pages, se dit-elle. Ils se libéraient de leurs entraves. »

— Bouclons la porte à double tour ! lança Sebastian. De cette manière ils ne pourront pas quitter la librairie.

— J'ai déjà essayé, soupira Katy Flanaghan. Ça ne marche pas. Le battant s'entrebâille dès qu'on a le dos tourné. Il n'y a rien à faire, c'est magique. Il faudrait sceller le bâtiment au moyen d'un nouveau sceau, hélas, je ne suis pas assez savante pour me lancer dans une telle entreprise.

Nos explorateurs durent bien vite se rendre à l'évidence, l'exode des mots gagnait en ampleur au fil des heures. Ils se glissaient entre les pages des grimoires pour s'échapper. Dès qu'on ouvrait un livre, on voyait les paragraphes se défaire ligne à ligne, les pages blanchir, et les phrases galoper sur les étagères tels de curieux mille-pattes. Il en sortait de partout. Il en dégringolait des étages supérieurs des bibliothèques ; cela finissait par former une averse continue. Peggy Sue les sentait courir sur elle, dans ses cheveux. Certains s'insinuaient dans ses vêtements. Des mots, des milliers de mots, en latin, en grec, en écriture gothique, des mots calligraphiés dans la langue des elfes, des lutins, des farfadets, au moyen d'encre magique, de sang de dragon, de nuit liquide ou de venins mystérieux… Tous, ils s'enfuyaient. Le chat à l'oreille tranchée ne cessait plus de faire le va-et-vient entre la ruelle et le monde réel. Il était à présent si chargé de mots que son pelage avait pris un aspect uniformément noir. D'ailleurs, il y avait désormais tant de candidats à l'évasion que les mots piétinant au seuil de la boutique n'avaient pas la patience d'attendre que le matou les véhicule vers l'affiche du cirque Diablo ; ils s'en allaient tout seuls, en rampant sur les pavés tels des lézards.

Au fil des heures, l'exode s'amplifia. Le chien bleu passait son temps à s'ébrouer pour se débarrasser des phrases qui, le prenant pour le chat blanc, noircissaient son pelage.

— Vous vous trompez de véhicule ! aboyait-il. Je ne suis pas un autobus ! Fichez le camp !

Peggy Sue, Sebastian et Granny Katy s'aperçurent eux aussi que leurs vêtements devenaient noirs ! Les mots les recouvraient, se chevauchant, s'entassant les uns sur les autres jusqu'à ne plus former que des taches illisibles.

— C'est fichu, haleta Peggy. Ça ne sert plus à rien d'examiner les livres, ils seront tous effacés dans une heure. Vous avez vu cette débandade ?

À présent, les mots couraient sur les murs et au plafond. Ils se déplaçaient si vite qu'on les prenait facilement pour des insectes. Des milliers d'insectes.

— Nous avons échoué, se lamenta Sebastian. Je ne trouverai jamais la liste des guérisseurs qui auraient pu me débarrasser de la malédiction du sable.

Peggy n'eut pas le temps de le consoler car les grimoires, mécontents d'avoir été dévalisés d'un contenu dont dépendait toute leur valeur, se retournèrent contre les jeunes intrus. Faisant claquer leurs couvertures hérissées de crocs, ils convergèrent en direction des adolescents, bien décidés à les mettre en pièces.

— Il faut partir ! cria Granny Katy. Les livres vont se venger sur nous ! Ils ne nous pardonneront pas de les avoir transformés en recueils de pages blanches. Venez ! Vite !

« C'étaient des geôliers, songea Peggy en regardant les grimoires claquer des mâchoires. Ils sont humiliés d'avoir laissé s'enfuir leurs prisonniers ! »

Elle dut faire un bond de côté pour éviter d'avoir la cheville tranchée. Les livres-crocodiles, les livres-lions, tous montaient à l'attaque. La jeune fille tenta de les repousser du bout de son balai, mais ils mordirent le manche avec tant de férocité que le bois cassa net.

Il fallait fuir ou se résoudre à être dévoré. De toutes les étagères des milliers de volumes dégringolaient pour grossir les rangs d'une armée en colère. Cela formait une cohue de couvertures qui s'entrechoquaient avec un bruit terrible. Certains, se laissant tomber des plus hauts rayonnages, essayèrent d'écraser nos amis et les ratèrent de peu. Çà et là, des avalanches s'organisaient, tentant de leur couper la retraite et de les ensevelir sous des tonnes de grimoires remplis de pages vierges.

— Dur dur ! lança le chien bleu, tout le magasin est en train de nous dégringoler sur la tête, ce sera un miracle si nous réussissons à gagner la sortie.

Peggy Sue reçut un dictionnaire de sorcellerie sur l'épaule et s'effondra, assommée par le choc. Sebastian la prit dans ses bras et courut vers la porte de la boutique. Le sable dont il était constitué lui permettait d'encaisser les coups les plus durs sans broncher.

Le vacarme était à son comble, on eût dit qu'un château s'écroulait soudain, perdant sa forme première pour se changer en un monstrueux tas de pierres.

Le chien bleu bondit dans la ruelle, suivi de ses amis. L'armée noire des mots galopait, elle, vers l'affiche du cirque Diablo. S'engouffrant par la déchirure, elle se répandait dans le monde réel telle une nuée d'insectes rampants. Il ne restait plus qu'à la suivre.

Le bruit avait réveillé les épées plantées devant la maison du bourreau. Elles se mirent aussitôt à émettre une plainte aiguë pour réveiller leur maître.

— Ça recommence ! geignit Sebastian. Il faut passer entre les lames avant que l'exécuteur soit complètement reconstitué.

Ils firent aussi vite que possible, toutefois courir sur les pavés disjoints se révélait difficile. Bizarrement difficile…

— Oh ! gémit Granny Katy. Il se passe quelque chose… *La ruelle ne veut pas nous laisser partir.* Regardez ! Les murs se resserrent autour de nous et les pavés tournent comme des billes sous nos semelles pour nous empêcher d'avancer. Nous faisons du surplace !

Elle disait vrai. S'emmêlant les pattes, le chien bleu tomba sur le sol. Il avait beau courir, il restait obstinément au même endroit. Pendant ce temps, les parois de la ruelle continuaient à se rapprocher l'une de l'autre. Le passage se refermait. Bientôt les fuyards seraient coincés entre les deux murailles comme entre les mâchoires d'un étau. Le seul avantage de ce phénomène, c'est qu'il déracina les épées plantées dans le sol. Elles tombèrent toutes en vrac et cessèrent de chanter. Le squelette du bourreau cessa aussitôt de se reconstituer, ce qui permit à nos amis de passer sans encombre devant sa maison.

Peggy Sue sortit de son évanouissement. Elle avait très mal à l'épaule. Elle comprit la situation en un clin d'œil.

— Il ne faut pas marcher, dit-elle, nous n'y arriverons jamais ainsi, couchons-nous sur le sol et rampons ; de cette manière nous ne perdrons plus l'équilibre.

Ils firent comme elle disait mais cette façon de progresser était très lente et le passage se rétrécissait de seconde en seconde. Même l'affiche du cirque Diablo diminuait de taille. Bientôt elle serait à peine plus grande qu'un timbre-poste et il ne serait plus question de sortir par là.

Un bruit de verre retentit derrière les fuyards. C'était l'armée des livres en colère qui avait fait exploser la vitrine de la librairie pour se lancer à la poursuite des intrus !

La situation devenait vraiment difficile.

Heureusement, la masse des volumes se révéla si importante qu'ils finirent par se gêner les uns les autres et formèrent un gros bouchon entre les murailles. Un énorme bouchon de cuir, de papier et de carton qui obtura la ruelle et empêcha les murs de se rapprocher davantage.

— Voilà le miracle dont nous avions besoin, soupira Peggy. Cela nous donnera le temps de passer de l'autre côté.

Les coudes et les genoux en sang, les adolescents atteignirent enfin l'affiche magique. Elle n'était plus aussi large qu'à leur entrée dans la ruelle, mais elle offrait un passage suffisant pour retourner dans le monde réel. Peggy et Sebastian aidèrent Granny Katy à se faufiler de l'autre côté, le chien bleu franchit le passage d'un bond. L'adolescente se glissa ensuite dans l'orifice, suivie du garçon.

À peine avaient-ils posé le pied dans le monde réel que l'affiche se mit à rétrécir à toute vitesse. En l'espace de trois secondes, elle devint indiscernable au point de se confondre avec les taches de salpêtre qui maculaient le mur.

— Nous l'avons échappé belle, souffla Sebastian.

— Oui, fit Peggy Sue. Mais où sont passés les mots ? Tu les vois, toi ?

Non, Sebastian ne les voyait nulle part. Les minuscules fuyards s'étaient éparpillés dans la ville sans qu'on puisse deviner leurs intentions.

5

De bien curieux envahisseurs

De retour à l'hôtel, nos amis passèrent deux jours à se remettre de leurs émotions. La tache noire sur la main de Sebastian s'était déplacée. Elle avait atteint le poignet et se préparait, de toute évidence, à escalader son bras. D'abord écrasé par le coup que lui avait infligé le garçon, le mot se dépliait tel un papillon nouveau-né qui défroisse ses ailes pour prendre son envol. On commençait à distinguer certaines lettres : *t... a... o... r...*

— J'espère qu'à force de voyager il ne va pas finir sur ton front, soupira Peggy. Ce ne serait pas terrible.

— Je pense qu'il essaye de s'échapper, dit le garçon. Quand il aura fini de se déplier, il s'en ira, comme les autres.

« Justement, songea Peggy. Où sont donc passés tous les mots qui ont fui la librairie infernale ? »

Elle restait inquiète, persuadée que cette évasion ne serait pas sans conséquences.

— Ces mots sont peut-être méchants, déclara-t-elle au chien bleu. J'ai peur qu'ils ne soient en train de préparer un mauvais coup. Ne pourrais-tu essayer de les retrouver avec ton flair ?

— Pourquoi pas ? fit l'animal. Pendant que nous nous trouvions dans la librairie il m'a semblé que ces horribles petites phrases rampantes dégageaient une odeur de viande pourrie.

— Berk ! Quelle horreur ! s'exclama Peggy.

— Je ne trouve pas, fit le chien. Moi, ça me mettait plutôt en appétit.

Ils sortirent. Sebastian, morose, refusa de les accompagner. Depuis que ses espoirs de dénicher la liste des guérisseurs s'étaient envolés, son humeur avait pris un tour détestable et il se querellait avec tout le monde à la moindre occasion. Peggy ne savait plus comment se comporter avec lui.

Une fois dans la rue, le chien bleu renifla ardemment autour de lui. Hélas, l'odeur de viande corrompue le mena à plusieurs reprises droit vers un restaurant.

Pourtant, Peggy continuait à se sentir observée… Depuis quelques jours, il lui semblait que des créatures invisibles l'espionnaient. Chaque fois, elle se retournait dans l'espoir de démasquer ceux qui l'avaient prise en filature ; jusqu'à présent cette tactique n'avait rien donné.

— Tu n'as pas l'impression qu'on nous regarde ? chuchota-t-elle au chien bleu.

— Si, avoua l'animal. Je me sens encerclé par des centaines de petits yeux… des centaines de minuscules présences… mais je ne parviens pas à localiser d'où ça vient.

Alors qu'elle regardait une fois de plus par-dessus son épaule, la jeune fille surprit un spectacle qui la fit frissonner. Sur le mur d'un immeuble, s'étendait une affiche publicitaire vantant les mérites d'une marque de café. On l'avait curieusement rédigée.

Étonnée, Peggy fronça les paupières et lut :

meilleur Le café monde du !

— Bizarre, non ? fit-elle à l'adresse du chien bleu. Les mots ne sont pas dans le bon ordre. Il s'agit peut-être d'une astuce pour attirer l'attention du public ?

Son instinct lui soufflait qu'elle venait de mettre le doigt sur un indice important, aussi resta-t-elle plantée au pied du panneau publicitaire à fixer les lettres imprimées.

Au bout d'un moment, elle vit les mots trembler, puis, lentement, ramper sur le papier…

— Nom d'une saucisse atomique ! hoqueta le chien bleu. Ils changent de place. Ils ont compris qu'ils avaient commis une erreur.

Telles de grosses chenilles noires, les mots se déplaçaient à la surface de l'affiche pour former la phrase : *Le meilleur café du monde !*

— Voilà où sont passés les prisonniers de la librairie infernale, soupira Peggy Sue. Ils se sont cachés au milieu d'autres mots, d'autres phrases. Sur cette affiche, ils ont rajouté la mention *Le meilleur café du monde !* alors que cette phrase n'y figurait pas à l'origine.

— Super camouflage ! haleta l'animal. Ils vont se glisser entre les lignes partout où ce sera possible. Ils rajouteront des trucs anodins auxquels personne ne fera attention.

— Oui, renchérit Peggy Sue. Pour le moment ils manquent encore de pratique, surtout s'ils avaient coutume de s'exprimer dans une autre langue, mais ils s'habitueront vite à jongler avec les lettres qui les composent. Je suis sûre qu'il y en a partout en ville. Cherchons-les !

Au début, ce fut un jeu, et ils s'amusèrent beaucoup, puis, peu à peu, l'angoisse les gagna car les mots magiques étaient partout. Sur les affiches des cinémas ils rajoutaient des noms d'acteurs qui n'existaient pas, sur les panneaux publicitaires ils glissaient des commentaires plus ou moins malhabiles… Souvent, ils faisaient des fautes d'orthographe, ou ne s'alignaient pas exactement dans le bon ordre, mais les gens, pressés, ne remarquaient rien.

Peggy, n'y tenant plus, se décida à les toucher. S'approchant d'une affiche, elle posa le bout des doigts sur une rangée de lettres infernales. Ce fut comme si elle effleurait la peau d'une bête malade, moite, palpitante.

Elle retira prestement sa main et l'essuya sur son jean.

— Elles sont vivantes, haleta-t-elle. On dirait de la chair… J'ai eu l'impression qu'elles… qu'elles allaient m'aspirer le sang avec gourmandise. Il y a de l'avidité en elles. Une espèce d'appétit horrible. Je n'arrive pas à l'expliquer.

— Tais-toi, chuchota le chien bleu. Elles nous écoutent. Elles sont aux aguets. Pour le moment elles ne nous feront pas de mal parce que sans notre intervention elles seraient encore prisonnières de la librairie, mais nul ne peut prédire combien de temps durera cette reconnaissance. Je doute qu'elle soit éternelle.

Les deux amis reprirent leur déambulation. Les mots étaient partout. D'heure en heure ils devenaient plus habiles, faisaient moins de fautes d'orthographe. Au début de l'après-midi, ils s'attaquèrent aux journaux, aux magazines, auxquels ils rajoutèrent des articles parlant d'occultisme, de boule de cristal et de tarots. Peggy s'aperçut qu'ils mangeaient les véritables rubriques pour y substituer leurs délires ésotériques. Peu à peu, les informations disparaissaient des colonnes des quotidiens pour être remplacées par de longs exposés sur les mystères de la magie et du cosmos. Ils parlaient de peuplades étranges, de guerriers-crocodiles et de dragons-sangsues… Les lecteurs ne s'en plaignaient pas, même ils semblaient trouver cela plus intéressant que ce qu'on leur donnait d'ordinaire à lire ! Et quand ils voyaient trembler les lettres sur la page, ils pensaient que leurs yeux se fatiguaient, sans jamais soupçonner la vérité.

Entrant dans une cabine téléphonique, Peggy Sue put vérifier que même les annuaires avaient été envahis par les ex-prisonniers de la librairie infernale. Des colonnes de *Monsieur Diablo* s'étalaient sur des dizaines et des dizaines de pages.

— C'est trop tard, soupira-t-elle en caressant la tête du chien bleu, ils nous ont pris de vitesse. Ce soir, ils auront envahi la ville.

6

La fringale des vampires

Dans les jours qui suivirent, Peggy Sue et le chien bleu restèrent sur le qui-vive. Ils ne tardèrent pas à remarquer des choses bizarres. Dans les autobus, les cafés, les gens qui lisaient les journaux avaient l'air de plus en plus fatigués. Ils étaient très pâles et avaient les yeux cernés. Beaucoup bâillaient, certains s'endormaient, le nez sur leur magazine.

— Tu as vu ? demanda l'adolescente au petit animal. La ville a l'air de fonctionner au ralenti. On dirait que ses habitants sont atteints de la maladie du sommeil. Ce n'est pas normal.

— Effectivement, approuva le chien. Ils ont l'air à bout de forces. Ils traînent les pieds et paraissent avoir le plus grand mal à garder les yeux ouverts.

— Leur pâleur m'inquiète, renchérit Peggy. Ils sont si blancs, si maladifs…

Elle ne savait comment interpréter ces symptômes mais elle avait la certitude qu'ils étaient liés à l'invasion des mots.

Enfin, alors qu'elle observait un homme dans l'autobus, elle surprit un étrange manège. L'inconnu s'était assoupi sur la banquette, un journal entre les mains. Soudain, les phrases imprimées sur la page commencèrent à se tortiller comme des chenilles et quittèrent le papier pour grimper sur ses doigts.

— Mais oui ! haleta Peggy, j'aurais dû y penser plus tôt. Les mots sont comme des sangsues… *ils aspirent le sang des lecteurs !* Voilà comment ils se nourrissent.

— Tu as raison, lui répondit le chien bleu par télépathie. Nous avons été naïfs. Ce ne sont pas simplement des caractères d'imprimerie, ce sont aussi des bêtes, des bêtes affamées qui ont besoin de manger.

Les deux amis restèrent figés par la surprise. Tous les passagers de l'autobus qui tenaient dans leurs mains un livre, une revue, un journal, étaient en train de se faire vampiriser : les lettres buvaient leur sang avec avidité.

— Elles grossissent au fur et à mesure qu'elles mangent, constata Peggy Sue. Au début elles étaient minuscules, à présent elles sont assez grasses pour rédiger la une [1] d'un quotidien.

Les voyageurs, assommés de fatigue, ne se rendaient compte de rien. N'y tenant plus, Peggy se leva pour frapper sur les journaux. Les mots-sangsues

1. Première page d'un journal, article important signalé par un titre en gros caractères.

reculèrent à regret. Des piqûres saignaient sur les doigts de leurs victimes, laissant perler des gouttelettes rouges.

— Allez, zou ! fichez le camp ! siffla l'adolescente.

— C'est inutile, soupira le chien bleu. En ce moment même des millions d'autres sangsues s'attaquent à la population de la cité.

Le bus s'arrêta en travers de la rue car le conducteur avait fini par s'endormir au volant. Peggy et le chien descendirent du véhicule.

Voilà qui expliquait l'étrange torpeur dont souffraient les habitants d'Ysengrin-les-Deux-Tourelles. La ville était anémiée, en passe de devenir exsangue si personne ne s'occupait de juguler le monstrueux appétit des textes échappés de la librairie infernale.

Peggy s'empressa de prévenir Granny Katy et Sebastian. Une fois rassemblés, ils firent le tour de l'agglomération pour mesurer l'ampleur du phénomène.

— Il y a de plus en plus de gros titres dans les journaux, constata la vieille dame. Sur les affiches les lettres deviennent énormes. Regardez ces livres… C'est incroyable, les mots sont imprimés si gros qu'il y a à peine dix lignes par page !

— C'est parce qu'ils sont gavés de sang frais, expliqua Peggy Sue. Une fois qu'ils ont fait le plein, ils se cherchent un endroit tranquille pour digérer. Pourquoi pas entre les pages d'un roman, en devanture d'une librairie ?

— Par contre, ceux qui n'ont encore vampirisé personne pâlissent et rétrécissent, signala Sebastian en désignant certains panneaux publicitaires où des phrases entières étaient manifestement en train de s'effacer.

— Ces mots sont des prédateurs, répéta Peggy. Ils chassent pour vivre, voilà pourquoi on les tenait enfermés dans la librairie. En ouvrant la porte de leur prison nous leur avons permis de s'attaquer aux humains. Maintenant ils ne s'arrêteront plus avant d'avoir exterminé la population d'Ysengrin-les-Deux-Tourelles.

— Des bêtes, grommela le chien bleu en s'approchant d'une affiche pour renifler de gros caractères noirs luisants de bonne santé. *Des limaces déguisées en lettres de l'alphabet...* Un sacré camouflage. Sans doute viennent-elles d'une autre planète, et la magie n'a rien à voir là-dedans.

— Possible, admit Sebastian. Je les imagine très bien tombant de l'espace au creux d'une météorite en des temps anciens. Dans un monastère, par exemple. Un monastère où des copistes recopiaient des manuscrits.

— Oui, siffla le chien, ça pourrait être ça. Noires et douées du pouvoir de mimétisme[1], elles ont vite compris l'avantage qu'elles auraient à se cacher au creux des grimoires en imitant les mots tracés par les moines. Qui irait imaginer qu'un envahisseur venu du cosmos se dissimule entre les lignes d'un paragraphe ?

1. Pouvoir d'imiter une forme, de se rendre semblable à elle.

— Cela ne nous dit pas comment nous en débarrasser ! intervint Peggy.

— Cela ne me dit pas non plus où trouver l'adresse que je cherche ! lança Sebastian d'un ton tranchant.

Peggy Sue comprit qu'il était tellement préoccupé par ses problèmes personnels qu'il se moquait de ce qui se passait autour de lui.

— Il faut prévenir les autorités, décida Granny Katy, toutefois je doute qu'on nous prête une oreille attentive. Vous êtes des enfants et je suis une sorcière. Qui nous croira ? Il y a de fortes chances qu'on nous prenne pour des illuminés.

En dépit de ses doutes, elle se rendit à la mairie et tenta de sensibiliser le conseil municipal au danger menaçant la cité. Elle en fut pour ses frais.

— J'ai parlé dans le vide pendant une heure, soupira-t-elle en sortant du bâtiment, ils sont déjà atteints par la maladie du sommeil. Vous les auriez vus, blêmes, les yeux cernés, somnolant dans leurs fauteuils. Ils ne m'ont même pas entendue. Et pendant ce temps, les mots-sangsues s'échappaient des dossiers administratifs pour courir sur les tables. Il y en avait partout, sur le plancher, au plafond. Certains étaient aussi gros que des mygales.

— Pourquoi ne s'en prennent-ils pas à nous ? interrogea Sebastian. J'ai l'impression que nous sommes les seuls à qui ils n'ont pas encore volé trois litres de sang.

— Parce que nous les avons aidés à s'enfuir, répondit amèrement Peggy Sue. Cela fait de nous leurs complices. Ils nous épargnent pour nous remercier… ou parce qu'ils pensent avoir besoin de nous dans un proche avenir. Ils nous considèrent peut-être comme des serviteurs fidèles. J'en suis malade rien que d'y penser !

Au cours de la semaine, la situation empira.

Si les mots devenaient de plus en plus gros, leurs victimes, elles, se changeaient en de pauvres créatures transparentes dont la peau, tel du papier calque, laissait voir les organes. Certains journaux ne contenaient plus que cinq ou six lignes occupant toute la largeur des pages. Les gens les achetaient quand même, car ils ne disposaient déjà plus d'assez de lucidité pour comprendre ce qui se passait.

— C'est la fin du monde, grogna le chien bleu. J'imagine qu'après avoir vampirisé Ysengrin-les-Deux-Tourelles, ils tenteront de se répandre dans une autre ville.

— Cela ne doit pas se produire, lança Peggy Sue. Il existe sûrement une solution, à nous de la découvrir !

— En attendant, intervint Granny Katy, il faut venir en aide à ces malheureux. Vous avez vu leurs têtes ? Ils deviennent de plus en plus transparents… *de plus en plus minces*, à croire qu'ils vont bientôt se changer en de simples feuilles de papier.

Elle n'exagérait pas, Peggy en prit bientôt conscience. Tandis que les façades de la ville se couvraient d'inscriptions énormes dépourvues de signification, les habitants s'amenuisaient, se fripaient telles de pauvres ailes de libellule.

— Ils n'ont même plus l'air humain, s'inquiéta Peggy. On dirait des images découpées dans du papier…

— C'est vrai, approuva le chien bleu. Ils sont si minces… Tout desséchés. Ils me font penser à des papillons. On a l'impression qu'ils vont s'émietter si on les touche.

Peggy Sue et son ami à quatre pattes parcouraient la cité en tous sens, essayant de secourir les malheureuses victimes des sangsues du cosmos. L'adolescente osait à peine les effleurer tant elles lui paraissaient fragiles, mais il était hors de question de les abandonner sous la pluie qui les aurait réduites en bouillie de papier. Aussi, après les avoir délicatement ramassées, les roulait-elle comme des affiches.

— Ils ont beau avoir terriblement changé, ils ne sont pas morts, expliqua-t-elle au chien bleu. Leurs yeux bougent. Parfois, même, ils essayent de parler.

— Les vampires leur ont sucé jusqu'à la moelle des os, grommela l'animal. Il s'agit probablement d'une espèce qui s'alimente de toute substance vivante mais laisse ses victimes dans un état larvaire. Ces gens n'ont plus ni sang, ni chair, ni os… Ils ressemblent vraiment à des fleurs qu'on aurait mises à sécher entre les pages d'un dictionnaire. Tu pourrais les émietter entre tes doigts.

— Il faut les mettre à l'abri en attendant de trouver une solution, déclara la jeune fille. Si on les laisse dans la rue, la pluie les détruira.

C'est ainsi que Peggy Sue devint l'infirmière des fragiles silhouettes de papier que le vent emportait au long des rues comme des feuilles mortes à l'automne.

Ysengrin-les-Deux-Tourelles n'était pas une grande ville, et il fallut peu de temps aux sangsues de l'espace pour venir à bout de sa population. Les rares humains encore capables de tenir sur leurs jambes étaient par ailleurs si anémiés qu'ils se traînaient sur les avenues tels des somnambules avançant à tâtons. Les yeux mi-clos, ils ne se rendaient compte de rien et ne quittaient leur domicile que pour aller s'assoupir derrière leur bureau dans une quelconque compagnie d'assurances à demi désertée par ses employés transformés en silhouettes de papier calque.

En fait, Ysengrin-les-Deux-Tourelles était tout bonnement en train de se métamorphoser en cité fantôme.

Pendant ce temps, Peggy et le chien bleu couraient dans la rue, zigzaguant entre les voitures abandonnées pour rattraper un bonhomme de papier que la bourrasque menaçait d'empaler sur les branches d'un arbre. La jeune fille supportait mal d'avoir été à l'origine d'une telle catastrophe et elle s'employait du mieux possible à la réparer. Quand elle capturait une silhouette froissée, elle demandait à Granny Katy de la repasser soigneusement, voire d'en réparer les déchirures avec du ruban adhésif.

La vieille dame s'acquittait de sa tâche et rangeait le malade bien à plat sur une table, dans la salle de réunion de la mairie où elle avait finalement décidé de s'installer.

— Nous sommes en face d'une menace qui nous dépasse, soupirait-elle en réglant la température de son fer à vapeur. Je ne sais quel venin d'outre-étoile sécrètent ces sangsues déguisées en lettres de l'alphabet, mais il plonge les victimes dans un état de vie suspendue, faisant d'elles des créatures desséchées, réduites à leur plus simple expression. Il est possible qu'on puisse leur restituer leur apparence première au moyen d'une transfusion. Encore faudrait-il trouver du sang, car il n'y en aura bientôt plus une goutte en ville.

— Quand elles auront vampirisé tout le monde, elles partiront à la conquête d'une autre cité, murmura Peggy Sue. Comment empêcher cela ?

— Je ne sais pas, répondit sa grand-mère. Il faudrait peut-être chercher de l'aide à l'extérieur. Mais encore une fois, qui nous croira si nous racontons ce qui se passe ici ? Nous ne pouvons compter que sur nous-mêmes.

Sebastian, lui, parcourait la ville dans un autre but : découvrir l'annuaire qui lui donnerait la liste des guérisseurs susceptibles de le débarrasser de la malédiction du sable. Il était si déprimé qu'il ne prêtait aucune attention aux bonshommes de papier que le vent lui jetait parfois dans les jambes. Il les piétinait sans même s'en apercevoir, convaincu qu'il s'agissait de vieilles affiches décollées par la bourrasque.

Ce jour-là, il errait depuis déjà plusieurs heures sans savoir où il allait quand il remarqua que son nom s'étalait sur les façades des immeubles en lettres énormes…

Les enseignes, les panneaux publicitaires, les affiches, bref, tout ce qui était composé de lettres vivantes bougeait et s'agitait pour former son prénom.

Sebastian… Sebastian… Sebastian…

Il ne pouvait poser les yeux sur un bâtiment sans voir aussitôt son nom apparaître. Les enseignes des compagnies d'assurances se modifiaient, les panneaux de bus changeaient leur affichage pour écrire le même et unique mot : Sebastian.

Toute la ville l'interpellait, par ses murs ou du haut de ses toits. Les sangsues sorties des livres-prisons de la librairie infernale s'adressaient à lui par le seul moyen dont elles disposaient : l'écriture.

« Je suis en train de devenir fou, songea le garçon. À force de tomber en poussière j'ai dû perdre un peu trop de cervelle ici et là, je n'ai plus toutes mes facultés mentales. J'hallucine. »

Mais il voyait bel et bien les grosses lettres noires ramper sur les murs, comme d'énormes serpents trempés dans l'encre, pour tracer son nom.

En ayant assez, il se campa au beau milieu d'une place et cria :

— Ça va ! Je suis là, que me voulez-vous ?

Alors, sur le mur d'enceinte d'une usine, les mots se rassemblèrent pour former la phrase suivante :

Tu nous as libérés. Pour te récompenser nous allons te donner ce que tu veux. Le guérisseur que tu cherches demeure à Châteaunoir... C'est le faiseur de miracles dont tu as besoin.

Châteaunoir... La ville qui n'existe plus...

Sebastian resta une minute frappé de stupeur. Pendant ce temps, les mots s'en allèrent et le message se disloqua peu à peu pour finir par disparaître.

Le garçon s'ébroua et courut à la mairie retrouver Peggy Sue et sa grand-mère. Il leur conta son étrange aventure.

— C'est curieux, murmura Peggy, dans le train qui nous amenait ici j'ai rêvé d'un château noir. Un chevalier géant m'y poursuivait. C'était affreux.

— Si ce guérisseur est capable de faire des miracles il nous donnera peut-être le moyen de ramener les habitants d'Ysengrin à la vie... dit la vieille dame d'un ton songeur. Il faut en savoir plus, allons de ce pas au bureau du cadastre. L'employé pourra sûrement nous renseigner.

Par chance, le préposé au cadastre ne s'était pas encore changé en bonhomme de papier. Néanmoins, il accueillit la question de Katy Flanaghan avec une moue de scepticisme.

— Châteaunoir… grommela-t-il, ça n'existe pas. Je ne connais aucune ville portant ce nom dans la région.

— Ne pourriez-vous pas chercher dans vos registres ? supplia Peggy Sue. Il s'agit peut-être d'un village minuscule, presque inconnu…

L'employé grommela mais, comme le chien bleu commençait à montrer les crocs, consentit à ouvrir ses livres. Il trouva ce qu'il cherchait dans un très vieux grimoire.

— Voilà ! triompha-t-il sottement. J'avais raison. Ça a existé mais ça n'existe plus. C'était un village perdu aux confins de la plaine du Nord. Une espèce de monastère s'y dressait… Le texte n'est pas très explicite à ce sujet. Il semblerait qu'on y guérissait les maladies par magie. Il s'agit d'une légende, bien sûr. Cela donna lieu, un temps, à une sorte de pèlerinage. Puis on a tracé une nouvelle route, et le village s'est vidé. Aujourd'hui, Châteaunoir n'est plus qu'une ville fantôme, un tas de ruines sans intérêt. La preuve, je n'en avais jamais entendu parler. La plaine du Nord est un vilain pays boueux, sans aucun attrait touristique.

Peggy Sue se pencha au-dessus du bureau pour examiner la carte épinglée au rapport de l'expert géomètre. Saisissant un crayon et une feuille de papier, elle la recopia.

— Des bêtises, grogna l'employé. Il n'y a rien là-bas, que des ruines et un ramassis de légendes absurdes. Si quelqu'un s'obstine à y vivre, ce ne peut être qu'un fou… ou un monstre trop hideux pour fréquenter les honnêtes gens.

En quittant la mairie, Peggy Sue eut une mauvaise surprise. Le mot tatoué sur la peau de Sebastian se promenait maintenant à la hauteur de son cou. Les lettres s'étaient dépliées pour former une inscription en lettres gothiques :

Châteaunoir.

7

En route pour l'aventure !

— Je vais rester ici pour m'occuper des bonshommes de papier, décida Granny Katy. Il faut bien que quelqu'un s'en charge. On ne peut pas abandonner ces pauvres gens à leur sort. Nous sommes en partie responsables de ce qui leur est arrivé. Peggy, tu n'auras qu'à partir avec Sebastian pour Châteaunoir. Essayez de mettre la main sur ce fameux guérisseur et ramenez-le au plus vite pour qu'il rende leur forme normale aux habitants d'Ysengrin.

— Comment irons-nous là-bas ? s'inquiéta Peggy Sue.

— La ville est pleine de véhicules sans chauffeur, fit valoir Sebastian. Nous n'aurons qu'à emprunter un camion. Je conduis très bien… En outre, je ne pense pas que nous croiserons grand monde sur la route.

Le garçon ne tenait plus en place. Son impatience faisait peine à voir.

Il fallait choisir un moyen de transport. Sebastian opta pour un fourgon blindé de transport de fonds que ses conducteurs avaient laissé en travers de la route avant de s'évaporer dans la nature, victimes des sang-sues du cosmos.

Après avoir fait le plein d'essence, de nourriture et de vêtements de randonnée, les adolescents dirent au revoir à Katy Flanaghan et prirent la direction de la plaine du Nord.

Au moment où ils quittaient la ville, Peggy Sue aperçut le chat blanc à l'oreille tranchée assis au bord d'un trottoir. Il regardait le fourgon s'éloigner, une lueur ironique au fond de l'œil.

« On dirait qu'il se moque de nous », songea la jeune fille. Cela ne lui parut pas de bon augure.

Suivant à la lettre les indications fournies par la carte que Peggy avait recopiée au service du cadastre, les jeunes voyageurs tournèrent le dos aux routes fré-quentées pour s'engager sur une piste tortueuse ser-pentant au milieu d'une plaine boueuse et grise.

— Ça ressemble à un camp de vacances pour croco-diles ! grogna le chien bleu. Pas terrible comme paysage.

À midi, Sebastian s'arrêta sur le bas-côté pour permettre à tout le monde de se dégourdir les jambes. Sortant d'une masure de pierre à demi éboulée, un vieil homme enveloppé d'une cape de berger s'avança vers eux.

— Hé, les enfants, marmonna-t-il. Je ne sais pas si vous le savez, mais vous êtes sur le sentier des monstres.

— Quoi ? balbutia Peggy. De quoi parlez-vous ?

— La route de l'ancien pèlerinage, expliqua le vieux d'une voix rauque qu'un affreux accent rendait difficile à comprendre. Vous êtes dessus… On la surnommait « le sentier des monstres » quand j'étais jeune. Faut pas aller par là…

— Nous nous rendons à Châteaunoir, annonça Sebastian. C'est la bonne direction ?

— Oui, fit le berger, mais c'est une sacrée mauvaise idée. À votre place je ferais demi-tour. Il n'y a plus personne là-bas, qu'une poignée de vieux fous dans mon genre. C'est un endroit maudit.

— Nous avons entendu parler d'un guérisseur… commença Peggy.

— Vous faites allusion au chevalier noir ! ricana le vieil homme. C'est pas une très bonne idée d'aller le réveiller.

— Quel chevalier noir ? demanda Sebastian.

— C'est ancien, grommela le berger. Ça remonte à des siècles. On raconte que le seigneur de l'endroit s'était enfermé dans son château avec sa famille pour échapper à une épidémie de peste qui ravageait la contrée. Il s'était bouclé chez lui et refusait d'ouvrir à quiconque, même à ses serfs qui cognaient à sa porte pour implorer son aide… Il avait peur de la contagion. Malgré ça, il a été contaminé, et il est mort, avec tous les siens. Pour le punir de son manque de charité, on a condamné son fantôme à errer à travers la plaine de boue, revêtu de son armure, et à guérir tous ceux qui souffraient. Quand la cuirasse se trouve en face d'un agonisant, elle pose son gantelet sur lui, et la maladie grimpe dans l'armure pour s'y enfermer comme dans une boîte de conserve, vous voyez ? Débarrassé d'elle, l'agonisant recouvre aussitôt la santé.

Le vieillard fit une pause, le temps d'allumer sa pipe. Peggy Sue ne savait que penser de lui. Il y avait dans ses yeux une étincelle de méchanceté qui lui rappelait celle entrevue dans les pupilles du chat blanc.

« Peut-être est-ce un démon placé sur notre route pour nous tendre un piège ? » se dit-elle.

— À force de se promener sur la plaine et de guérir des gens contaminés, reprit le berger après avoir tiré une longue bouffée de tabac puant, l'armure s'est peu à peu remplie de maladies, vous voyez ? Toutes sortes de maladies : la peste, la lèpre, le choléra, le typhus, et autres joyeusetés du même genre. Au fil du temps, elle s'est changée en un réservoir bourré à craquer de germes mortels. Alors le chevalier s'est retiré dans les ruines de son château pour s'y emmurer. Il avait peur que l'armure n'explose et libère les maladies contenues dans ses flancs. C'est pour cette raison que les miracles ont cessé. Mais le chevalier est toujours là-bas, enfermé dans son manoir sans porte ni fenêtres. Un manoir de pierre sombre.

Peggy Sue frissonna, le récit du berger ressemblait fâcheusement au rêve qu'elle avait fait dans le train. Ne s'y était-elle pas vue poursuivie par une armure gigantesque dans le labyrinthe d'un château noir ?

S'agissait-il d'une prémonition ?

— Avant, dans ma jeunesse, continua l'homme, les gens se rendaient en pèlerinage à Châteaunoir pour guérir. On y emmenait les malades, les infirmes, les malheureux souffrant de malformations. C'est pour ça qu'on surnommait ce chemin « le sentier des monstres ».

— Merci pour vos explications, coupa Sebastian, mais nous allons tout de même continuer.

— Tu as tort, mon gars ! grogna le berger. Il se passe de mauvaises choses là-bas. Ça fait déjà des années que les honnêtes gens n'y mettent plus les pieds.

Sebastian ignora la menace et s'assit au volant.

— Bonne journée, lança-t-il en tournant la clé de contact. Au fait, où est votre troupeau ? Je ne vois de moutons nulle part.

— Je ne garde pas de moutons, s'offusqua le vieux, mais des iguanes. Ils s'ébattent là-bas, dans la boue. Leur chair est très appréciée dans la région, et avec leur peau on fabrique des vêtements solides imperméables à la pluie. Il pleut beaucoup sur la plaine du Nord, vous l'apprendrez bientôt à vos dépens. Il pleut tellement qu'on peut se noyer rien qu'en marchant sous une averse ! Oui, se noyer !

Sebastian démarra.

— Drôle de bonhomme, fit-il après avoir roulé une centaine de mètres.

— Tu y crois, toi, à son histoire d'armure remplie de maladies ? demanda Peggy.

Le garçon haussa les épaules.

— Une légende, fit-il avec mépris. Un conte à dormir debout.

Mais Peggy Sue comprit qu'il était tellement décidé à guérir qu'il aurait accepté de signer un pacte avec le diable.

8

Les prisonniers de la maison de poupée

Peggy Sue, Sebastian et le chien bleu roulaient depuis une heure quand la pluie se mit à tomber, opposant à la voiture un mur liquide dont les vagues tambourinaient sur la carrosserie.

« On dirait qu'un collier de six millions de perles de fer vient de casser, songea la jeune fille. Ces billes dégringolent sur nos têtes comme si elles voulaient nous percer le crâne ! »

Les trois amis ne savaient plus où ils se trouvaient. Depuis cent kilomètres le paysage n'avait pas changé : une lande broussailleuse défilait de part et d'autre d'une piste dont tous les cailloux se ressemblaient comme des frères jumeaux. La violence de l'averse effrayait Peggy Sue. Les paroles menaçantes du berger résonnaient encore à ses oreilles : « Il pleut beaucoup sur la plaine du Nord, vous l'apprendrez bientôt à vos dépens. Il pleut tellement qu'on peut se noyer rien qu'en marchant sous une averse ! Oui, se noyer ! »

Le camion roulait au pas, Sebastian se tenait penché sur le volant, la tête rentrée dans les épaules.

— J'ai l'impression d'être au fond de la mer… murmura la voix du chien bleu. Je ne serais pas étonné de voir passer des poissons. Ou de surprendre une sirène en train de faire de l'auto-stop au bord de la route !

Peggy Sue haussa les épaules, agacée.

— N'en rajoute pas ! s'impatienta-t-elle. Il ne faut pas exagérer. Ce n'est qu'une grosse averse.

— D'accord, d'accord, admit l'animal, mais n'oublie pas que je peux lire dans tes pensées, et je vois bien que, toi aussi, tu as l'impression d'être prisonnière d'un sous-marin, hein ?

Peggy ne répondit pas et se mit à scruter le plan recopié au service du cadastre. Le point signalant l'emplacement du village était plus petit qu'une crotte de bébé fourmi un jour de grande constipation.

La silhouette traversa la route au moment même où l'adolescente relevait la tête…

Sebastian fut si surpris qu'il braqua bêtement le volant, jetant la voiture dans le fossé. C'était une manœuvre idiote ; on roulait si lentement qu'il aurait pu freiner sans crainte de renverser le promeneur imprudent.

Le fourgon blindé essaya d'escalader le talus et retomba dans la tranchée boueuse, moteur calé. Le garçon jura.

— Maintenant nous sommes échoués, grogna-t-il. Jamais la mécanique n'aura assez de puissance pour extraire la voiture de l'ornière. Il faudra dénicher un tracteur pour la tirer du bourbier.

— Mais y a-t-il seulement une quelconque machine agricole dans la région ? ricana le chien bleu. Y cultive-t-on autre chose que de la boue ?

Peggy Sue posa la main sur la portière. La silhouette s'était immobilisée au milieu de la route. Sa petite taille donnait à penser qu'il s'agissait d'un enfant empaqueté dans un ciré jaune trop grand pour lui, et dont le visage disparaissait sous une capuche qui lui donnait l'apparence d'un gnome. Il se tenait les bras ballants, le corps planté de travers. Peggy Sue hésitait à sortir. Elle n'aurait su dire pourquoi, mais, soudain, cette ombre lui faisait peur. Il y avait dans sa posture quelque chose d'étrange…

« Ne sois pas si trouillarde ! » se dit-elle en se forçant à bouger.

— Hé ! cria-t-elle tandis qu'elle entrebâillait la portière.

Dès qu'il perçut le son de sa voix, l'enfant prit la fuite en boitillant. Sa manière de se déplacer faisait peine à voir. Peggy, sans plus réfléchir, abandonna le camion et se lança à sa poursuite. La force de l'averse la surprit, lui coupant la respiration, et elle crut, l'espace d'une seconde, qu'elle allait effectivement se noyer. Elle fit le dos rond et pataugea dans la boue pour rejoindre le gosse.

— Hé! répéta-t-elle. Reviens, je ne te ferai pas de mal. Nous sommes en panne…

Plus elle parlait, plus le mioche accélérait. Malgré sa claudication, il se déplaçait avec une souplesse surprenante. Peggy glissa dans la gadoue et s'affala à deux reprises. La lande ressemblait à un champ de manœuvre pour chars d'assaut (ou à une piste de danse pour éléphants); partout ce n'était que trous, cratères et fossés.

Sebastian et le chien bleu la rejoignirent. Le garçon l'aida à se relever. Il était bien le seul à se sentir à l'aise sous ce déluge car sa peau, toujours assoiffée, buvait les gouttes avec avidité.

Les trois amis distinguèrent des lumières immobiles à travers le rideau de pluie.

— Un village! lança Sebastian. Sans doute pourrons-nous y trouver de l'aide.

Ils avancèrent pas à pas, se guidant avec l'éclat jaune des fenêtres. Un panneau surgit au bord du chemin. Il annonçait: *Châteaunoir. 75 habitants.*

Le nombre 75 avait été rayé d'un coup de pinceau, et quelqu'un y avait substitué un 72 malhabile. Ce sinistre décompte fit frissonner Peggy Sue.

Le panneau était tout petit, comme s'il avait été conçu pour des enfants… ou des nains.

La jeune fille battit des paupières. Le hameau aux fenêtres illuminées lui paraissait à la fois proche et lointain. C'était une impression curieuse qui tenait de l'illusion d'optique. Subitement elle prit conscience que les maisons n'étaient qu'à une dizaine de mètres. Elle les avait cru éloignées parce que en réalité elles étaient, elles aussi, *toutes petites*.

— Nom d'une saucisse atomique ! hoqueta le chien bleu. Des maisons de poupée.

— Mais oui ! confirma Sebastian, éberlué. Un village lilliputien !

Les habitations ne dépassaient pas un mètre cinquante de haut. Seul le clocher de l'église devait frôler les deux mètres. Peggy s'agenouilla pour reprendre son souffle. À travers le ruissellement qui l'aveuglait, elle constata que le hameau avait été bâti avec un grand souci du détail. Les matériaux étaient les mêmes que ceux utilisés dans la construction des vraies maisons, et rien ne manquait : ni les boîtes aux lettres accrochées aux petites barrières, ni les adorables volets ajourés en cœur. Dans la vitrine de la quincaillerie, on distinguait des accessoires ménagers miniatures, comme on en donne d'ordinaire aux fillettes pour jouer à la dînette : soupières, assiettes, brocs. C'était très mignon, mais la boue souillait les vérandas, montrant qu'on avait piétiné là sans jamais s'essuyer les pieds.

— Hé ! qu'est-ce que c'est ? haleta le chien bleu. Sommes-nous tombés sur un village de lutins ? Il conviendrait de se montrer prudents, on dit que les gnomes n'aiment pas les étrangers et qu'ils leur coupent les oreilles pour s'en faire des chapeaux.

— Il s'agit sûrement d'une attraction pour touristes, suggéra Sebastian. Une ville réduite bâtie à l'intention des enfants, une idée de la municipalité pour essayer d'attirer les voyageurs à Châteaunoir.

— Oui, ça doit être ça… fit Peggy, à demi rassurée.

Au même moment elle vit, tout au bout du village, le gosse en ciré jaune ouvrir une porte et se faufiler dans l'une des maisons comme s'il habitait là.

— Hé ! toi… lança-t-elle pour capter son attention, mais le gamin se dépêcha de refermer le battant sans répondre.

Les trois amis commençaient à se sentir mal à l'aise.

— Restez là, chuchota Peggy. Pas la peine de l'effrayer davantage. Je vais y aller seule.

— Ce gamin est trop grand pour un lutin, observa le chien bleu. Fais tout de même attention à tes oreilles !

Peggy remonta la rue principale tandis que Sebastian et le chien demeuraient plantés à l'orée du hameau. Les coudes de la jeune fille frôlaient les toits des maisons, et elle se faisait l'effet d'une géante tombée des étoiles. Certaines fenêtres étaient illuminées, toutefois la boue dont elles étaient barbouillées interdisait de voir ce qui se passait à l'intérieur. Son passage provoqua une agitation incompréhensible à l'intérieur des baraques, et des coups sourds en ébranlèrent les parois, comme si une foule s'y débattait, prise de panique.

L'adolescente dépassa le clocher de l'église, avec un coup d'œil incrédule pour la minuscule cloche de bronze pendue à deux mètres du sol.

« Ne t'emballe pas, se dit-elle. Ce n'est qu'un gosse du coin qui a choisi de faire de cet endroit son repaire secret. Tu vas lui flanquer une trouille de tous les diables en le poursuivant jusque dans sa tanière. »

Elle arriva enfin devant la maison de bois dans laquelle s'était engouffré l'enfant. La pluie clapotait sur la pente du toit d'ardoise, glougloutait dans la gouttière. La mignonne girouette grinçait dans le vent. Il y avait même une boîte aux lettres.

Peggy s'agenouilla face à la porte. Décidant de jouer le jeu, elle frappa poliment au battant. Toc toc. Elle se sentait idiote, mais c'était peut-être le seul moyen de rassurer le gamin ? Sa tentative provoqua une série de chocs sourds, comme si des farfadets se bousculaient au long de couloirs tortueux pour aller se terrer à la cave. Cette fois il fallait en finir, elle se pencha, tendit la main pour tourner la poignée de cuivre. La porte n'était pas verrouillée ; en se baissant, un adulte pouvait entrer dans la bicoque et s'y déplacer à quatre pattes. Peggy grelottait dans ses vêtements trempés.

Elle entra. *Pouah !* Ça puait la porcherie. Comment le gosse pouvait-il jouer ici sans périr asphyxié ?

Des ampoules nues brillaient au plafond, diffusant une lumière jaune.

— Bonjour, dit-elle en essayant de prendre une voix rassurante. N'aie pas peur, je veux juste te demander un coup de main. Notre camion est bloqué dans le fossé, il faudrait…

Elle se tut, devinant qu'elle parlait en pure perte, et traversa la pièce à quatre pattes ; l'odeur de litière pour chat était vraiment incommodante. En outre, la cabane ne contenait aucun des trésors que les enfants aiment entasser dans leurs repaires secrets. Peggy avait beau regarder, elle ne voyait pas de BD, pas de carabine à plomb, aucune réserve de gâteaux secs ou de chocolat.

Alors qu'elle s'introduisait péniblement dans la deuxième pièce, elle aperçut le gosse qui lui tournait le dos. Il avait peur ; le ciré jaune grelottait sous l'effet du tremblement nerveux agitant son échine.

— Tu ne dois pas être effrayé, murmura-t-elle doucement. Je ne suis pas méchante, mais j'ai froid, je voyage avec mon chien et un copain, nous cherchons un abri en attendant que la pluie s'arrête. Tu comprends, hein ?

Alors, le gosse se retourna et Peggy faillit pousser un cri de terreur.

Ce n'était pas un enfant. *C'était un cochon.* Un jeune cochon qui luttait pour conserver son équilibre. Un porcelet debout sur ses pattes postérieures, et qu'on avait affublé d'un ciré jaune, taille 10 ans.

Deux petits yeux noirs à l'expression égarée dominaient son groin souillé de morve. L'animal déguisé en garçonnet se dandinait d'un pied sur l'autre.

L'adolescente demeura paralysée par la surprise.

Le cochon geignit, il se tenait penché, les pattes de devant enfouies dans les poches du ciré. Enfin, comme s'il avait compris que cette inconnue ne lui voulait pas de mal, il sortit ses pattes de ses poches. Peggy Sue eut un nouveau sursaut. *C'étaient des mains humaines.* De petites mains taillées dans une chair rose fine et douce. Des mains pas plus grosses que celles d'un enfant.

La bête s'avança, brandissant devant elle ces appendices dont elle ne savait visiblement que faire. Ses ongles, trop épais, avaient conservé la consistance du sabot.

L'animal poussa un couinement, puis laissa retomber ses bras de chaque côté de son corps. Une expression de découragement s'inscrivit sur son visage. Peggy Sue n'eut pas le temps de surmonter sa stupeur, déjà d'autres silhouettes venaient à sa rencontre, surgissant des profondeurs de la cabane. Il y avait des chats, des chiens, affublés de gros vêtements de toile. Ils avançaient au coude à coude, dans un bruit de chaussures raclant le sol.

Ils devaient être sept ou huit qui miaulaient et aboyaient. Leurs pattes de devant se terminaient toutes par d'étranges mains roses dont ils ignoraient manifestement l'utilité. Ils semblaient dire : « Indique-nous le mode d'emploi de ces trucs bizarres ! Est-ce que ça sert à quelque chose… ou est-ce que ça se mange ? »

Peggy Sue, désemparée, se mit à les gratter entre les oreilles.

L'odeur des bêtes mouillées emplissait la maison de poupée. Maintenant qu'elle pouvait les examiner de plus près, la jeune fille remarqua que les vêtements dont elles étaient affublées avaient été cousus de manière qu'elles ne puissent s'en défaire.

Elle s'assit sur le plancher. Sa tête frôlait le plafond de la cabane lilliputienne. « Où suis-je tombée ? » se demanda-t-elle.

Elle se frictionna les épaules. Sa chemise était trempée, elle mourait de froid. Elle décida d'envoyer un message télépathique à ses amis pour leur indiquer où elle se trouvait. Trois minutes plus tard, Sebastian et le chien bleu la rejoignaient.

Comme on pouvait s'y attendre, ils furent assez surpris de ce qu'ils découvrirent.

— Essaye de sonder leurs pensées, ordonna Peggy au chien bleu. Nous comprendrons peut-être ce qui se passe ici.

L'animal obéit.

— Ils ont peur, annonça-t-il au bout d'une minute. Ils disent qu'ils ne veulent plus être guéris… Ils souhaitent retourner chez leur maître, dans leur niche, dans leur porcherie. Ils voudraient que le docteur Squelette cesse de s'occuper d'eux.

— *Le docteur Squelette ?* s'étrangla Peggy.

— J'essaye de traduire approximativement, expliqua le chien bleu. Ils ne pensent pas avec des mots, ils utilisent des images. Dans leurs souvenirs, une silhouette revient tout le temps : celle d'un grand squelette qui les enveloppe de pansements. C'est assez flou. Peut-être désignent-ils ainsi un homme très maigre qui n'a que la peau sur les os. Une espèce de vétérinaire ?

— S'agirait-il du fameux guérisseur qui vit à Châteaunoir ? s'inquiéta Sebastian.

— J'en ai l'impression, fit Peggy. On dirait qu'il se livre à des expériences sur ces pauvres bêtes. Cela ne me plaît guère.

— Sans doute les utilise-t-il comme cobayes pour tester les médicaments dont il se sert ensuite sur les humains, grommela le garçon. Tous les savants font ça. Ça prouve au moins que nous ne sommes pas venus pour rien, le médecin que nous cherchons existe bel et bien !

9

Le Grand Mur

Dehors, les gouttes se clairsemaient. La brume se levait sur la plaine, envahissant les rues de la ville miniature. Peggy Sue ouvrit la porte. Penchée au ras du sol, elle distinguait mieux le décor de l'étrange cité. Rien ne manquait : ni les réverbères, ni la statue commémorative sur la place du village – un homme barbu portant un casque et un sabre de cavalerie. Toutes les enseignes étaient à leur place : la boulangerie, la mercerie, la graineterie…

— J'ai un mauvais pressentiment, déclara le chien bleu. Je n'aimerais pas trop que le docteur Squelette vienne s'occuper de moi pour me greffer des mains, une trompette à la place du nez ou un feu de signalisation en guise de queue. Ne pourrait-on repartir ?

— Pas question ! s'entêta Sebastian, je suis venu ici pour redevenir humain, je ne vais pas me dégonfler à la première difficulté.

— J'avoue que je partage l'avis du chien bleu, lança Peggy. Ce qui se passe ici n'est pas rassurant.

Ces pauvres animaux ne sont pas heureux des transformations qu'on leur fait subir.

— Vous êtes des poules mouillées ! grogna le garçon. Fichez le camp si vous avez la trouille, moi je reste.

« Il est à bout de nerfs, songea Peggy. Il veut tellement guérir qu'il est prêt à tout accepter. Espérons qu'il ne se jettera pas la tête la première dans la gueule du loup. »

Son cœur se serrait à cette pensée.

Soudain, alors qu'elle allait sortir de la maisonnette, Peggy perçut un bruit de pas foulant la boue. Quelqu'un approchait. S'agissait-il du docteur Squelette ? Redoutant ce qui allait surgir du brouillard, l'adolescente referma la porte, ne laissant subsister qu'un entrebâillement par lequel elle continua à lorgner ce qui se passait à l'extérieur. Une ombre se dessina dans la brume, à l'entrée du village miniature.

Peu à peu, Peggy distingua une jeune fille d'une quinzaine d'années, aux cheveux roux, noués en queue de cheval. Sa grosse bouche rose, gourmande, contrastait avec l'expression d'austérité de son visage constellé de taches de rousseur. Elle portait un chandail distendu, un jean, et des bottes en caoutchouc. Elle tenait sous le bras une cuvette remplie d'une sorte de pâtée. Elle allait d'une maison à l'autre, s'agenouillait, ouvrait les petites portes et remplissait des écuelles qu'elle poussait ensuite à l'intérieur des habitations. Chaque fois, elle chantonnait un de ces refrains (piou-piou-piou…)

au moyen desquels les paysans déclenchent le rassemblement des animaux. Elle avait la peau très pâle et une expression décidée. Peu à peu, elle se rapprochait de la maison où Peggy et ses amis se tenaient recroquevillés. Les bêtes, qui avaient senti la nourriture, s'agitaient derrière eux, s'impatientant. Les chats feulaient, les chiens grondaient. Au moment où Peggy s'apprêtait à sortir, l'inconnue ouvrit la porte de la maison de poupée et l'aperçut. Elle eut si peur qu'elle n'eut même pas la force de crier. Elle laissa tomber la bassine de nourriture et pataugea dans la boue pour essayer de se relever au plus vite. Si Peggy ne l'avait pas saisie par le poignet, elle aurait filé ventre à terre. Dès qu'elle eut posé la main sur l'inconnue, celle-ci devint molle, comme si la terreur la paralysait. La fille resta inerte, les yeux grands ouverts, la bouche béante.

— Je ne te veux pas de mal, dit Peggy le plus doucement possible. Je suis avec des copains, notre voiture est en panne. Tu habites Châteaunoir ?

La jeune paysanne battit des paupières. Son pull exhalait une odeur de mouton mouillé.

— Vous êtes des pèlerins ? demanda-t-elle d'une voix à peine audible. Vous venez pour les guérisons miraculeuses ?

— Oui, dit Peggy Sue. Nous ne connaissons pas la région. Nous cherchons les ruines d'une espèce de château ou d'un monastère… Un bâtiment bâti avec des pierres sombres, il y a très longtemps.

— Vous voulez parler du Grand Mur, cria la jeune fille en se débattant. C'est là qu'habite le docteur

Squelette ! Il ne faut pas s'en approcher. *Fichez le camp.* Le pèlerinage est interdit depuis dix ans…

Elle reprenait des forces. Peggy la lâcha. La fille s'écarta pour la regarder par en dessous, d'un œil soupçonneux.

— Tu es malade ? demanda-t-elle. Tu souffres d'une affection que la médecine ordinaire n'arrive pas à soigner ?

— Non, pas moi, souffla Peggy Sue. Mais mon copain, Sebastian, a besoin d'aide.

Le garçon choisit ce moment pour passer la tête hors de la maisonnette. Il était extrêmement mignon avec ses longs cheveux d'ébène, ses paupières bridées, et les filles réagissaient toujours de la même manière lorsqu'il apparaissait. Généralement, elles écarquillaient les yeux, rougissaient, et se mettaient à jouer les coquettes… (Ce qui plongeait Peggy dans une colère noire et lui donnait envie de leur distribuer des gifles sans modération.)

La jeune paysanne s'approcha de Sebastian et, sans aucune gêne, glissa les mains sous sa chemise pour lui palper la cage thoracique. Elle avait fermé les yeux, pour se concentrer, et ses petites paumes glacées allaient et venaient sur le torse de Sebastian, poursuivant leur auscultation mystérieuse.

« Ben voyons ! pensa Peggy. Faut pas te gêner ma cocotte ! »

Mais la fille rousse ne cherchait nullement à flirter. Elle avait plutôt l'air d'une infirmière procédant à une visite médicale.

— Je ne sais pas d'où tu viens, déclara-t-elle enfin en considérant Sebastian d'un œil soucieux, mais tu as un problème, je le sens. J'ai un don. Je repère tout de suite les maladies. Ton organisme est instable, il semble tout près de se détruire, comme si… comme si tu allais tomber en poussière d'une seconde à l'autre.

— C'est un peu ça, ricana amèrement Sebastian en reboutonnant sa chemise.

La fille paraissait décontenancée. Soudain, elle grommela un juron parce que les animaux avaient profité de l'incident pour sortir de la maison et se jeter sur la bassine de nourriture. Elle entreprit de les disperser.

— Ces bêtes, attaqua Peggy, pourquoi sont-elles ici ?

— Elles sont malades, grogna son interlocutrice, plus bonnes à rien. Elles allaient mourir alors on les a mises là.

— Tu te fiches de moi ? s'impatienta Peggy. Ça n'explique pas pourquoi elles ont des mains, pourquoi elles marchent sur leurs pattes de derrière déguisées en enfants !

— C'est vrai que vous allez au Grand Mur ? demanda la rouquine, éludant la question. Si c'est pour guérir vous arrivez trop tard. Il aurait fallu venir il y a dix ans, maintenant c'est cassé, ça ne fait plus rien de bon. D'autres sont venus avant vous, ils l'ont bien regretté. J'ai essayé de les prévenir mais ils n'ont pas voulu m'écouter, ils se croyaient malins, comme tous les gens de la ville.

Elle haussa les épaules et retourna à ses occupations. La distribution de nourriture achevée, elle s'appliqua à rajuster les vêtements des animaux, comme une institutrice rhabille ses petits élèves au terme d'une récréation agitée. Peggy décida de ne pas brusquer l'étrange adolescente.

— Je m'appelle Peggy Sue Fairway, dit-elle enfin. Et toi ?

— Moi, c'est Jenny. Mon nom complet c'est Jennifer Amanda Holmes. J'ai quinze ans. Je suis née ici. Je connais toutes les lois à observer, vous devez me croire et m'obéir… *du moins si vous voulez rester entiers.*

Peggy Sue comprit qu'elle ne devait pas la heurter de front. Jenny ne semblait pas avoir conscience du côté extraordinaire de la situation et se comportait comme si elle avait été environnée de poulets dans une basse-cour.

— Je me demande si elle ne serait pas un peu demeurée, observa mentalement Sebastian.

— Non, répondit le chien bleu. Elle vit depuis toujours au milieu des prodiges, voilà pourquoi elle ne s'étonne plus de rien.

Quand elle eut terminé sa distribution de nourriture, Jennifer parut se rappeler l'existence des nouveaux venus et se tourna vers eux.

— Venez, dit-elle. Il ne faut pas rester sur la lande, surtout quand la nuit tombe. Il pourrait vous arriver des choses. *Des choses désagréables.*

10

La fabrique de miracles

— C'est quoi, ce chien bleu qui porte une cravate ?
demanda Jenny. Il ne vient pas du village. Il est
malade ? Vous l'avez amené ici pour l'abandonner ?
Dans ce cas il faudrait lui mettre d'autres habits, une
cravate ce n'est pas suffisant. Je peux vous donner de
vieilles frusques si vous voulez.

— Il n'en est pas question ! protesta Peggy. C'est
mon chien, il m'accompagne partout et il est télépathe.
Tu entendras peut-être ses pensées dans ta tête s'il lui
prend l'envie de s'adresser à toi.

Jenny haussa les épaules et se désintéressa de la
question. Avant de tourner les talons, elle prit le temps
de vérifier une dernière fois les vêtements des animaux.

— Les bestioles n'aiment pas être déguisées,
observa-t-elle en rajustant la vareuse d'un porcelet.
Forcément, elles n'ont pas l'habitude.

Les animaux se laissaient faire sans trop gigoter.
Peggy Sue n'osait interroger plus avant cette curieuse
fille à l'expression butée. Un mystère formidable

régnait sur la lande et elle mourait d'envie d'en savoir plus. Enfin, Jenny se redressa et leur fit signe de la suivre. Les trois adolescents s'éloignèrent du village lilliputien tandis que les animaux, massés sur la grand-place, les observaient.

— Ne les regardez pas, ordonna Jennifer. Il ne faut pas s'attacher à eux, ils sont malades, c'est pour ça qu'on les a mis là, au moins ils servent à quelque chose.

— Mais qu'est-ce qu'on leur fait ? demanda Peggy Sue, le cœur étreint par l'inquiétude.

— *On les guérit*, dit Jenny avec un haussement d'épaule. Ça se voit, non ? Quand ils sont arrivés, ils étaient presque morts de vieillesse, aujourd'hui ils sont tous en parfaite santé.

« Oui, fit mentalement le chien bleu, à part qu'ils ont des mains et marchent comme des hommes ! »

Jennifer avançait vite sur le sentier boueux ; Peggy et Sebastian peinaient pour la suivre. Le paysage était triste à mourir. Il y avait de quoi ôter à un honnête vampire l'envie de sortir de sa tombe. Çà et là, des rochers gris au sommet arrondi crevaient la terre comme autant de crânes chauves. À travers la brume, Peggy distingua un autre village à moins de un kilomètre. Elle comprit aussitôt qu'elle avait sous les yeux l'agglomération ayant servi de modèle au hameau lilliputien. Les maisons y étaient disposées de la *même* manière, l'église plantée à la *même* place. Cette fois, cependant, les proportions des habitations étaient normales.

108

Jenny bifurqua vers la droite pour prendre la direction d'un cimetière de voitures. L'entassement métallique se composait de carcasses de camions fracassés.

— C'est là que j'habite avec mon père, annonça-t-elle. Avant qu'on ouvre la nouvelle route il y avait beaucoup d'accidents. P'pa récupérait les épaves. Maintenant il ne peut plus bouger, le châssis d'un semi-remorque s'est renversé sur lui, il a eu le bassin brisé en mille morceaux. De toute manière, la ferraille ça n'intéresse plus personne.

Les abords de la casse [1] étaient défendus par des rouleaux de fil de fer barbelé qui donnaient à l'endroit l'allure d'un camp militaire. La pluie avait rouillé toutes les carcasses.

Jenny désigna un ancien fourgon frigorifique placé sur un socle de ciment, et Peggy comprit que cette roulotte lui tenait lieu d'habitation. Un groupe électrogène y était relié, ainsi que les canalisations d'une citerne d'eau de pluie juchée en haut d'un mât.

— Venez, dit-elle. Faut vous changer, sinon vous allez attraper un rhume et le docteur Squelette viendra s'occuper de vous. Je ne tiens pas à ce que vous l'attiriez chez nous !

Elle escalada un escalier de bois et ouvrit le panneau arrière du camion. Peggy, Sebastian et le chien bleu la suivirent, ils grelottaient. À l'intérieur de la

---

1. Endroit où l'on rassemble les vieilles automobiles pour les démonter.

remorque, des buffets, des armoires avaient été poussés contre les parois de métal, donnant à l'endroit l'apparence d'un logement banal. Un radiateur électrique rougeoyait dans la pénombre. Tout au fond, un homme aux cheveux blancs gisait sur une chaise longue. Il avait le bas du corps enveloppé dans une couverture.

— C'est Matthieu, mon père, dit Jenny. Faites pas attention à lui, il n'a plus toute sa tête. Mettez-vous près du radiateur, je vais vous passer des vêtements secs.

Jenny s'approcha de Sebastian pour le bouchonner avec une serviette rêche comme s'il s'agissait d'un cheval. Le garçon se laissa faire, étourdi par tant de simplicité. Jenny lui jeta ensuite une chemise de bûcheron et un jean blanchi par l'usure. Les vêtements étaient trop grands mais secs. Pendant qu'il s'habillait, Jennifer s'occupa de Peggy qu'elle entreprit de frictionner pareillement. Plus tard, elle alluma un réchaud à gaz et prépara du café. Dans le fond de la remorque, le père s'agita soudain, prenant conscience de la présence d'étrangers.

— Non ! cria-t-il. Je ne veux pas qu'on m'emmène ! *Je ne veux pas aller au miracle…* Non ! J'veux rester comme ça. J'suis bien ! J'vous dis que je ne veux pas guérir.

Sa voix s'enflait, résonnant entre les parois du camion. Peggy Sue, dont les yeux s'étaient à présent accoutumés à la pénombre, vit qu'il s'agissait d'un colosse amaigri mais qui conservait une ossature épaisse et de grosses mains aux doigts puissants.

— *Ne me forcez pas à guérir!* répéta-t-il. Jenny ! Sale petite peste ! C'est toi qui as amené ces gamins ? S'ils me touchent je leur casse la tête… Ce sont les infirmiers du docteur Squelette, c'est ça ? Qu'ils n'essayent pas de m'emmener là-bas sinon je les aplatis comme des cafards !

La jeune paysanne ne parut nullement gênée par cette explosion verbale, elle versa le café brûlant dans des quarts de métal, y ajoutant une rasade d'une eau-de-vie de pomme tirée d'une cruche en grès. Peggy Sue et Sebastian s'assirent sur un siège d'osier. Une ampoule nue pendant du plafond éclairait la remorque de sa faible lueur. Par la porte arrière entrebâillée, on distinguait la plaine et les deux villages : le vrai et le faux.

— Pourquoi cette mise en scène ? demanda Peggy. Le hameau lilliputien, les animaux déguisés ?

— À cause du pèlerinage, répondit Jenny en s'asseyant sur le sol.

Elle avait un joli visage mais un corps lourd de paysanne, aux épaules carrées, aux hanches larges. Sans doute avait-elle longtemps secondé son père à l'époque où le cimetière de voitures fonctionnait encore. La manipulation des cubes de ferraille avait modelé sa silhouette, lui donnant une musculature de garçon. Ses mains aux doigts courtauds, aux ongles épais et cassés, auraient pu être celles d'un homme.

— Pourquoi *deux* villages ? insista Peggy. L'un grandeur nature, l'autre minuscule ?

— La ville des animaux est un leurre… Un appât, murmura Jennifer. Une tromperie pour berner le docteur Squelette.

— Je n'y comprends rien, s'impatienta Sebastian qui jusque-là était demeuré silencieux.

— Ici, jadis, commença Jenny, se produisaient de grands miracles. Des gens venaient de partout. On amenait des infirmes, des aveugles, des mutilés, et ils repartaient guéris. *Complètement guéris.*

— Complètement ? insista Sebastian, une lueur d'espoir dans le regard. Même les mutilés ?

— Oui… même les mutilés, confirma Jennifer. Ça prenait un peu plus de temps, voilà tout, mais les culs-de-jatte repartaient sur leurs deux jambes, je peux te le jurer. C'était une vraie fabrique de miracles.

Peggy Sue se dandina, mal à l'aise. Elle n'avait pas envie que cette paysanne superstitieuse fourre de mauvaises idées dans la tête de Sebastian.

« Il va y croire de toutes ses forces, songea-t-elle, parce qu'il en a envie. Ensuite, si ça ne marche pas, il sera affreusement déçu et je n'arriverai jamais à le consoler. »

— Tu penses que je raconte des idioties, hein ? ricana Jenny devinant l'incrédulité de Peggy Sue. Pourtant c'est vrai, je n'invente rien. J'étais toute petite à l'époque, mais je m'en souviens.

Les yeux fixés sur la lande qu'envahissait le brouillard, elle se mit à évoquer les foules silencieuses convergeant vers le village. Les civières ficelées sur le toit des voitures, les impotents installés à l'arrière des camions de légumes. On venait de très loin, et des femmes au visage triste soutenaient des hommes dont l'une des jambes avait été happée par une moissonneuse-batteuse. Une escouade d'estropiés se formait, composée de tous ceux que les accidents de travail avaient rendus manchots, unijambistes, boiteux. Ils venaient pour la guérison. *Pour le miracle.* On leur recommandait de se taire, on les menaçait des pires représailles s'ils avaient le malheur d'ébruiter le phénomène. Le miracle ne devait profiter qu'à quelques-uns, qu'aux fils de la terre, pas aux étrangers des villes, aux riches, à ceux qui se croient tout permis. Le miracle, c'était la revanche des pauvres gens sur l'infortune, la malchance, la déveine... C'était quelque chose qu'on avait mis là pour réparer les injustices.

Le miracle agissait là où la science des savants demeurait impuissante. Il rendait possible l'incroyable, il régénérait la chair malade, il rénovait les os, remettait en place les carcasses brisées.

Jenny parlait sans plus s'occuper de la présence des adolescents. De temps à autre, elle s'interrompait pour avaler une gorgée de café brûlant. Son regard semblait perdu dans les brouillards de la plaine.

— On leur disait de ne pas bavarder, murmurat-elle, mais ils ne pouvaient pas tenir leur langue, alors, finalement, de mois en mois le nombre des pèlerins augmenta. Les rues du village se remplissaient de civières, et pour aller faire les courses chez l'épicier, il fallait enjamber tous ces malades… Je me rappelle bien. P'pa disait que ça finirait mal, qu'il se passait des choses trop incroyables pour que ça vienne uniquement des dieux.

— Mais que se passait-il ? ne put s'empêcher de demander Peggy Sue.

— Les blessés, marmonna rêveusement l'adolescente. On les déshabillait, on leur bandait les yeux, puis on allait les déposer au pied du Grand Mur, là-bas, à l'ancien monastère, au château noir… On les couchait dans la boue, et puis on s'en allait vite, sans regarder derrière soi.

Oui, les mutilés, les infirmes étaient emmenés un par un à travers la plaine. Les vieux du village recommandaient de leur bander les yeux afin qu'ils ne puissent voir ce qui se passerait au moment du miracle, car il n'est pas bon que les hommes en sachent trop sur les manigances des divinités s'ils ne veulent pas devenir aussitôt fous à lier.

— Et alors ? interrogea Peggy haletante.

— Je ne sais pas, répondit Jenny. Personne n'a jamais su. Lorsque les malades revenaient, guéris, ils ne se souvenaient de rien, sinon qu'ils avaient dormi d'un sommeil profond, sans rêve.

— Et ils revenaient guéris ? insista Peggy Sue. *Même les mutilés ?*

— Oui. Les culs-de-jatte avaient des jambes neuves, roses. Il fallait les voir tituber là-dessus comme des mioches qui font leurs premiers pas. Les bras coupés avaient repoussé, comme la queue des lézards... Les aveugles avaient des yeux neufs, et les sourds entendaient de nouveau.

— Et cela prenait combien de temps ? s'enquit Sebastian.

— Parfois une nuit, parfois deux jours selon la gravité de la blessure ou de la maladie. Ceux qui étaient arrivés moribonds s'en repartaient bien portants. Et l'on avait beau leur regarder le ventre ou la poitrine, c'est à peine si on parvenait à discerner l'ombre d'une cicatrice. Les points de suture s'effaçaient déjà.

Peggy Sue grogna, incrédule. Elle aurait voulu hausser les épaules et décréter que Jennifer était mythomane[1].

Pendant un moment Jenny continua à évoquer le temps des prodiges de la même voix émerveillée. On sentait qu'elle avait aimé vivre dans cette atmosphère de magie quotidienne.

— Seule la mort était définitive, expliqua-t-elle. Quelques-uns ont bien essayé de déposer des cadavres au pied du Grand Mur, mais ça n'a pas marché. Jamais on ne les a vus revenir sur leurs deux pieds. La magie opérait uniquement sur les vivants ; dès que la dernière étincelle de vie avait quitté le corps, le miracle ne fonctionnait plus. Dans un sens ça rassurait tout le monde, c'était la preuve que rien d'impie ne se faisait

_____

1. Personne qui ment de manière maladive.

115

là-bas, que les lois fondamentales de la vie et du trépas étaient respectées.

— Des bras qui repoussent, s'étonna Peggy Sue, ça vous semblait normal ?

— Et alors ? grogna Jenny. La queue des lézards repousse bien, elle… et les fruits sur les branches alors qu'on les a cueillis l'année précédente !

Le chien bleu gémit car ces prodiges ne lui disaient rien de bon.

— Ça a duré des années, murmura Jennifer. Nous étions heureux, nous ne manquions de rien car les pèlerins nous apportaient des offrandes : des victuailles, des étoffes, parfois même un porc ou une vache selon la guérison espérée. Et puis un jour tout a commencé à aller de travers.

— Les guérisons ont cessé ? s'alerta Sebastian.

— Non… mais elles sont devenues… *bizarres.*

Jenny grimaça. Dans sa chaise, son père s'agita et se mit à crier qu'il ne voulait pas être guéri. Peggy s'attendait que la rouquine reprenne le cours de son récit, mais elle sembla tout à coup effrayée à l'idée d'en avoir trop dit.

— De temps à autre des gens viennent, comme vous, conclut-elle à mi-voix. J'ai beau les prévenir qu'il ne faut pas insister, ils ne m'écoutent jamais. Ils veulent guérir à tout prix. Alors ils escaladent le Grand Mur pour s'introduire dans l'abbaye… et on ne les revoit jamais. *Du moins sous leur apparence première.*

— Il en vient souvent ? demanda Sebastian.

— Non, mais on les repère vite quand on les voit tourner autour du Grand Mur à la recherche d'une entrée.

— D'une entrée ?

— Oui, il n'y a pas de porte, ni de grille, rien. Le mur fait le tour complet des ruines. Si l'on veut entrer dans le jardin, il faut passer par-dessus, l'escalader. C'est ce que font ceux qui s'obstinent à vouloir guérir en dépit de mes avertissements. Je n'essaye plus de les en empêcher, j'en ai assez de parler dans le vide. Si les moines qui vivaient là n'ont pas prévu de porte, c'est qu'ils ne tenaient pas à ce qu'on entre dans le bâtiment, vous ne croyez pas ?

Peggy sentit le rythme de son cœur s'accélérer. La présence de cette muraille ininterrompue la mettait mal à l'aise. Elle imaginait déjà une interminable paroi de pierre grise constituée de blocs énormes.

— Parle-nous de ces moines, dit-elle. Que sais-tu d'eux ?

Mais Jenny haussa les épaules. Au village on ne savait pas grand-chose des moines qui avaient fondé le monastère. C'était trop ancien, cela remontait à neuf ou dix siècles, peut-être davantage. Certains racontaient qu'ils avaient élevé ce mur pour se protéger des brigands, d'autres pensaient différemment.

— Quoi donc ? insista Peggy Sue. Est-ce qu'ils avaient dans l'idée que le mur était peut-être là pour empêcher quelque chose de *sortir* du couvent ?

— Peut-être bien, fit Jenny. P'pa dit que la muraille est là pour nous protéger de la créature qu'on a jadis enfermée dans les ruines.

— Qu'est-ce qui s'y trouverait, d'après toi ? s'enquit Sebastian.

— Je ne sais pas… maugréa Jennifer. Les vieux l'appelaient le grand guérisseur, ou l'homme-médecine. Après on l'a surnommé le docteur Squelette parce qu'on prétend qu'il ressemble à Jack O'Lantern [1], le démon d'Halloween. Personne du village n'est jamais allé voir. Aucun d'entre nous n'a franchi la muraille, jamais.

— Et les moines ? demanda Peggy.

— Les moines sont morts à l'intérieur, les uns après les autres, de vieillesse. On dit que le dernier qui s'est éteint avait près de trois cents ans. C'étaient des reclus. On leur lançait de la nourriture par-dessus le mur. Jamais on n'a vu leur tête.

— Les pèlerinages ont continué après leur mort ? fit Peggy Sue.

— Oui, admit l'adolescente. Ça a duré longtemps. Jusqu'à ce que les choses commencent à aller de travers. Alors les pèlerins se sont faits plus rares. La rumeur s'était répandue. *Ils avaient peur.*

— Peur de quoi ? haleta Sebastian. À quelle sorte de rumeur fais-tu allusion ?

Jenny se redressa d'un mouvement vif. Le visage buté, elle marcha jusqu'à la porte arrière du camion frigorifique et demeura figée au bord de la passerelle, à regarder le brouillard qui se coulait doucement sous

1. Squelette habillé d'oripeaux, qui erre à l'époque d'Halloween en brandissant une lanterne.

les barbelés encerclant le cimetière de voitures. Elle avait enfoncé les poings dans ses poches, rageusement, et faisait le dos rond comme un chat en colère.

— Les guérisons, dit-elle avec réticence. *Elles n'étaient plus parfaites.* Les membres qui repoussaient devenaient bizarres. Les bras neufs se transformaient peu à peu en autre chose. Et les jambes… et tout le reste…

Sa voix frémissait d'angoisse et Peggy devait tendre l'oreille pour comprendre le sens de ses paroles.

Dans un chuchotis effrayé, Jenny entreprit d'évoquer les étranges métamorphoses affligeant les miraculés. Les bras, les jambes qui avaient repoussé par magie se couvraient peu à peu d'écailles. Doigts et orteils se palmaient, les ongles prenaient l'aspect de robustes griffes.

Peggy frissonna. Ailleurs, au fond d'un fast-food, devant un hamburger bien chaud, dans le brouhaha des dîneurs, elle aurait sûrement souri de cette affirmation, mais ici, dans cette remorque transformée en roulotte et qu'encerclait un brouillard de plus en plus dense, elle n'avait pas envie de rire.

— Des bras, des mains de monstre, répéta la fille rousse, vous comprenez ?

Maintenant, le brouillard commençait à escalader la passerelle pour s'introduire dans la remorque. Jenny s'en aperçut et claqua la porte qu'elle verrouilla au moyen d'une barre transversale.

— La nuit tombe, dit-elle d'une voix lasse. Il faut que vous dormiez ici, il est trop tard aujourd'hui pour qu'on s'occupe de votre voiture.

— C'est pour ça que ton père veut rester malade ? chuchota Peggy Sue. Je veux dire : à cause du miracle qui va tout de travers ?

— Oui. Dans le village, on a cessé de déposer les estropiés au pied du mur. Et on essaye d'intercepter les pèlerins qui se lancent à travers la lande. Il y en a toujours – comme vous ! – qui veulent tout tenter, même au risque de devenir des démons. Parfois ils se cachent dans les maisons des animaux pour attendre le moment propice. Quand on veut les dissuader d'aller plus loin ils deviennent méchants, l'un d'eux a essayé de m'étrangler, une fois.

— Je comprends, fit Peggy. Mais tu ne nous as pas expliqué à quoi servent les animaux habillés en humains ?

— À quoi bon ? soupira Jenny. Vous allez dormir là, et demain je prendrai le camion de remorquage pour sortir votre voiture du fossé. Si je ne devais pas m'occuper de mon père, je vous demanderais de m'emmener avec vous, dans une vraie ville, loin de ces sortilèges. Il n'y a plus rien de bon ici. Si nous n'étions pas si pauvres, il y a longtemps que nous serions partis.

Peggy Sue eut le sentiment que Jennifer ne disait pas toute la vérité. Elle interrogea mentalement le chien bleu pour connaître son sentiment.

« Elle ne ment pas, répondit l'animal. Elle n'a rien inventé, mais elle a peur. Moi aussi… Je crois qu'un grand danger nous menace, pourtant je ne flaire aucune présence derrière le Grand Mur. Ça paraît vide… Inhabité. Je ne comprends pas. »

Il faisait sombre dans la remorque. Trop sombre au goût de Peggy.

— Je vais faire réchauffer un peu de soupe, décida Jenny. Et puis vous dormirez sur ces couvertures. C'est plus prudent, il faut éviter de se promener sur la lande dans l'obscurité.

Peggy ne sut que répondre. Dehors, le vent jouant dans l'amoncellement des carcasses de voitures produisait des craquements inquiétants. On eût dit qu'un chevalier vêtu d'une armure géante se déplaçait sur la plaine, comme dans le cauchemar qui l'avait assaillie dans le train qui la menait à Ysengrin. Ce n'était guère rassurant.

Jenny versa la soupe dans d'énormes bols. Il n'y avait pas de cuillère, il fallait boire le brouet à même le récipient, comme du café au lait. C'était bon et chaud, Peggy Sue et ses amis apprécièrent cette nourriture épaisse et grumeleuse, pleine de débris de légumes mal écrasés. Aucune soupe en boîte n'avait ce goût-là. Depuis que Jenny ne parlait plus, Peggy et Sebastian étaient submergés par les images que ses récits avaient levées dans leur esprit. Ils songeaient au Grand Mur, à ce rempart sans porte ni grille que de mystérieux moines avaient dressé autour du couvent. Qu'est-ce qui les avait poussés à agir ainsi ? La peur du dehors… ou, au contraire, *la crainte que quelque chose ne s'échappe des profondeurs de la bâtisse ?*

Peggy soupira, heureuse de se retrouver ce soir entre les parois de la roulotte. Le métal la rassurait.

Quand ils eurent terminé leur soupe, Jenny partagea un morceau de pain et un quartier de fromage mou qu'ils firent passer à l'aide d'une bolée de cidre qui leur agaça les gencives. Puis la jeune fille alla s'occuper de son père, au fond de la remorque. Aussitôt, l'invalide entra de nouveau dans une vive colère, exigeant qu'on le laisse en paix. Il affirma haut et fort sa volonté de ne pas guérir et de rester tel qu'il était. Peggy s'assit sur le sol, Sebastian et le chien bleu vinrent se blottir contre elle. La fatigue lui plombait la tête. Quand Jenny revint, plus tard, les surprenant au beau milieu d'un assoupissement, Peggy eut cependant la force de lui demander une fois de plus :

— Pourquoi avoir déguisé les animaux en hommes ?

— Pour détourner l'attention du docteur Squelette, dit Jenny en s'agenouillant. Pour l'empêcher de venir jusqu'à nous.

Peggy fronça les sourcils.

— Tu veux dire… commença-t-elle.

— Oui, souffla la jeune paysanne. Comme on ne va plus lui rendre visite, c'est lui qui vient nous voir. Comme un docteur qui passerait à domicile… Il… *il nous oblige à guérir.* Tu comprends ? Il s'obstine à nous soigner contre notre volonté.

Peggy eut un coup d'œil involontaire vers la porte à double battant. La barre de fermeture était bien en place.

— Vous ne savez vraiment pas quel aspect il a ? interrogea-t-elle. Personne ne l'a vu ?

— Non, personne. Quand il approche, on s'endort, automatiquement, et il vous opère pendant votre sommeil. Quand on se réveille il est trop tard.

— Il sait donc d'instinct où se cachent les malades ? demanda Sebastian.

— Oui, bien sûr. L'odeur de la maladie l'attire. Dès que quelqu'un se blesse, le guérisseur enjambe le Grand Mur et descend jusqu'au village pour lui prodiguer ses soins. C'est pour ça que nous avons construit le village des animaux malades. *Pour le tromper.*

— Tu veux dire qu'il ne sait pas faire la différence entre les chiens, les cochons… et les humains ? s'étonna Peggy.

— Exactement, confirma Jennifer avec un petit rire nerveux. Il croit que les chiens sont des hommes souffrant d'une malformation. Alors il les opère pour faire d'eux des gens capables de se déplacer debout. Il transforme leurs pattes en mains. Il modifie leurs cordes vocales pour leur permettre de parler. Parfois, il agit sur leur pilosité, pour les débarrasser de tous ces poils, puis il modifie leur museau. Pendant qu'il s'occupe des bêtes, *il nous fiche la paix*, c'est tout ce que nous souhaitons.

Le chien bleu frissonna. Il s'en fallut de peu qu'il ne se mette à hurler à la lune.

Peggy eut besoin d'une minute pour assimiler l'information.

— Et les animaux, s'enquit-elle, est-ce qu'ils… guérissent ?

— D'abord ils guérissent, ensuite ils se changent en monstres. Mais nous les tuons dès les premiers signes de métamorphose. C'est mon travail. Je suis la gardienne de la cité des bêtes. Je les nourris, je les habille et je les tue lorsqu'elles commencent à se transformer.

Jennifer fit passer son pull par-dessus sa tête et s'immobilisa pour fixer Peggy Sue.

— Vous ne partirez pas demain, n'est-ce pas ? fit-elle. Le garçon qui t'accompagne va vouloir passer de l'autre côté du mur…

— Je crois en effet qu'il va essayer, balbutia Peggy, soudain terrifiée.

— Alors vous aurez besoin de mon aide, soupira Jenny. Vous n'avez pas la moindre idée de ce que vous allez affronter.

11

Le cimetière des monstres

À sa grande surprise, en dépit du climat d'étrangeté régnant sur la lande, Peggy Sue ne fit aucun cauchemar, sans doute parce qu'elle estimait inconsciemment que les bras de Sebastian, au creux desquels elle était nichée, la protégeaient des démons rôdant aux alentours !

Jenny se leva tôt, s'occupa de la toilette de son père puis fit du café. Enfin, tous les occupants de la roulotte se rassemblèrent pour manger de la soupe, du pain, du fromage. Peggy et ses amis dévorèrent comme s'ils n'avaient pas mangé depuis une semaine.

— Je sens bien que vous ne me croyez pas, déclara Jennifer en s'essuyant la bouche d'un revers de main. Vous avez tort. Si vous persistez à vouloir rester ici, je dois vous informer de ce qui vous attend. Venez, nous allons faire une promenade instructive.

Elle jeta à Peggy une veste de chasse rapiécée, et ouvrit la porte arrière du camion. Peggy enfila le vêtement qui était confortable et chaud. Le chien bleu ne tenait plus en place car il avait horreur de rester enfermé.

La brume stagnait sur la plaine ; à perte de vue, les champs semblaient recouverts d'une neige fumeuse qui se convulsait au moindre souffle d'air. Jenny descendit l'escalier de bois. Peggy et ses compagnons la suivirent à travers le cimetière de voitures. Ils appréhendaient de quitter cette enclave au sein de laquelle ils s'étaient sentis à l'abri l'espace d'une nuit.

Marchant côte à côte, ils franchirent la ceinture de barbelés et s'engagèrent sur la lande. La brume leur mangeait les jambes jusqu'aux genoux, si dense qu'elle masquait le sol. C'est à peine si l'on distinguait encore les oreilles du chien bleu. Le petit animal se plaignit d'avancer à l'aveuglette, aussi sa maîtresse le prit-elle dans ses bras.

« C'est comme si nous marchions dans du lait ! pensa Peggy Sue en essayant désespérément de distinguer ses pieds. *N'importe qui pourrait se cacher sous cette fumée.* Un serpent… des bêtes rampantes… Un assassin se déplaçant à plat ventre, le couteau entre les dents… »

Elle chassa ces pensées en frissonnant. Jenny prit la direction du village lilliputien. Lorsque les trois adolescents s'engagèrent dans la rue principale de la cité miniature, les bêtes sortirent des maisons, espérant une distribution de nourriture. Jennifer s'agenouilla devant la maisonnette où Peggy avait trouvé refuge la veille. Le cochon emmitouflé dans son ciré jaune se tenait là, les bras ballants.

— Regarde, dit-elle en désignant l'animal. Tu ne lui trouves rien de changé ?

Peggy Sue retint un cri. *Le groin de l'animal avait disparu...* Ou plutôt il s'était transformé en un nez humain, parfaitement dessiné. Un nez qui aurait provoqué l'admiration d'un chirurgien esthétique car il avait suffi d'une nuit pour accomplir ce prodige !

Peggy s'approcha pour mieux observer le porc qui renifla avec méfiance et recula. Toutefois l'adolescente avait eu le temps de vérifier que l'opération n'avait laissé aucune cicatrice. En plissant les yeux, on distinguait une vague rougeur, et pourtant le groin s'était changé en un nez d'homme, aux narines bien formées.

— Ce n'est pas possible, grogna Peggy. C'est comme si on l'avait *modelé...* pas opéré. Je connais des tas de filles qui donneraient cher pour avoir un nez comme ça !

— Ça se passe toujours ainsi, observa Jenny. Il n'y a pas de sang, presque pas d'entailles, et s'il y en a, elles disparaissent en trois heures, ne laissant aucune cicatrice. Pendant cinq ou six jours ça paraît magnifique... *c'est ensuite que ça se gâte.*

Maintenant, elle semblait pressée de s'en aller. Elle se redressa et sortit de la cité lilliputienne d'un pas rapide.

— Je vais vous faire rencontrer quelqu'un du village, dit-elle d'un ton décidé. Fergus, un cinglé de

Suédois qui s'obstine à vivre avec un membre métamorphosé. Il a perdu le bras gauche dans un accident, à la menuiserie. Une scie l'a tranché au ras du coude. Le docteur Squelette le lui a rendu, bien sûr ; hélas, au bout de trois mois la métamorphose a commencé. Au lieu de s'amputer pour se débarrasser de cette *chose*, Fergus s'est entêté à vivre avec, à l'apprivoiser… Il s'est installé à l'écart. Il n'a pas très bonne réputation.

Jenny marchait vite, aussi mirent-ils peu de temps pour rejoindre la bourgade, austère et vide. Aucune antenne de télévision ne se dressait sur les toits. Aucune affiche publicitaire ne salissait les murs. Les gens qui vivaient là avaient décidé de se couper du monde moderne une fois pour toutes.

Pendant qu'ils remontaient la grand-rue, les adolescents croisèrent deux femmes et un vieil homme. Vêtus d'étoffes sombres et râpées, ils avançaient tête basse. Ils adressèrent à Jenny un salut réticent. Celle-ci pressa l'allure. Elle marchait les yeux baissés, mais Peggy, elle, voyait des visages gris s'écraser contre les carreaux.

— Ne les regardez pas, ordonna Jenny. Ils se demandent si vous êtes des pèlerins. Ils n'oseront pas vous parler mais ils ordonneront aux gamins de vous lancer des pierres si vous vous attardez ici.

— Pourquoi ? s'enquit Sebastian.

— Parce qu'ils ont peur que vous n'attiriez le docteur Squelette en ville.

Laissant le hameau derrière eux, ils s'approchèrent d'une ferme entourée d'une haute palissade. Jenny cogna à la porte en appelant Fergus. Le Suédois vint ouvrir ; c'était un colosse au poil blanchi par les années. Ses sourcils étaient si épais qu'ils paraissaient découpés dans de la fourrure. Il portait une chemise de bûcheron à carreaux rouges, pâlie par les lavages. Son bras gauche paraissait plus développé que le droit, et la main disparaissait dans un gros gant de travail en cuir usé, serré à la hauteur du poignet par un lacet. Il les fit entrer sans hésiter. Jenny présenta Peggy Sue et Sebastian comme des « étrangers qui s'intéressaient aux miracles ». Fergus déboucha une bouteille de cidre, sortit des verres. Peggy remarqua qu'il se servait uniquement de sa main droite. Le bras gauche pendait le long de son corps, parcouru de brèves crispations.

Jenny parla des animaux, du cochon dont on avait opéré le nez au cours de la nuit. Fergus s'esclaffa d'un bon gros rire.

— Et comment est-il, ce nez ? lança le géant. Est-ce que la bestiole va finir par ressembler à quelqu'un du village ?

— Vrai, ricana Jennifer, c'est ça qui serait rigolo, hein ?

Peggy les écoutait, interdite ; ce qui était pour elle un phénomène terrifiant se réduisait pour ces gens à un prodige mineur dont ils s'amusaient.

La maison était biscornue, moitié faite de rondins, moitié de torchis. Il y régnait une tenace odeur d'oignons frits. Jenny parlait de son père qui refusait de guérir et d'aller consulter le docteur Squelette.

— Il a peut-être tort, dit Fergus. Moi j'ai pas eu à me plaindre de l'opération. Je n'ai été manchot qu'un mois, mais ça m'a suffi. Je voulais pas rester infirme, ça non ! Voilà pourquoi je suis allé au miracle, tout seul comme un grand. Ouais.

Il vida son verre d'un trait, le remplit une seconde fois. Peggy Sue estima qu'il devait frôler les soixante-dix ans. Il était noueux et sec comme un arbre desséché, avec un faux air de Viking à la retraite qui a rangé épée et bouclier au fond d'une armoire, et transformé son drakkar en abreuvoir pour ses vaches.

— Un soir, marmonna-t-il, j'en ai eu assez de ce foutu moignon qui me démangeait, je suis parti sur la lande. En arrivant près du Grand Mur je me suis fichu tout nu, comme le veut la coutume, et pour me rendre aveugle j'ai mis sur ma tête un sac de grain vide. Ça faisait une espèce de cagoule bien noire, c'était suffisant. Puis je me suis allongé sur la terre, au pied du mur. J'ai cogné du poing sur les pierres et j'ai crié « Holà ! brancardier ! » comme dans l'armée. C'était une blague idiote, mais ça me donnait du courage. Et puis j'ai attendu.

— Et alors ? demanda Peggy Sue.

— Alors rien, ma jolie, grogna Fergus en haussant les épaules. Je me suis endormi… Un drôle de sommeil, *pas naturel*. Au moment de perdre pied, il me semble que j'ai entendu marcher dans la boue. Un pas lourd qui se répercutait dans le mur, et puis… et puis je me suis réveillé le lendemain matin avec un bras tout neuf, rose comme un cul de bébé. *Il avait repoussé pendant la nuit.*

Maugréant, il évoqua ce qui avait suivi : d'abord le retour à la vie normale, puis les changements progressifs de la métamorphose – les écailles, les griffes.

— Personne au village ne voulait plus me serrer la main. Ils s'étaient mis à appeler ça : « sa patte de crapaud ». Mais je suppose que vous voulez voir, hein ?

Fergus dénoua le gant et retroussa sa manche. Peggy réprima un sursaut en découvrant un membre supérieur qui eût été davantage à sa place sur un crocodile. C'était une patte bizarrement tordue mais puissante, une peau écailleuse qui se terminait par une main griffue. On devinait sans peine que se cachait là une puissance formidable qui aurait pu décapiter un bœuf d'une simple gifle.

Fergus regardait son bras comme il aurait contemplé un serpent venimeux dans un vivarium, avec un mélange d'excitation et de peur.

— *C'est beau, hein ?* chuchota-t-il. On dirait une arme. Chaque fois que je la regarde, ça me fait le même effet que lorsque mon père m'a donné ma première carabine.

Il ne semblait ni horrifié ni honteux, et ses yeux bleus brillaient d'une bizarre stupeur.

— C'est beau, répéta-t-il. Et *ça* a une force incroyable, voilà pourquoi je ne l'utilise pas pour la vie courante, *ça* écraserait les objets sans même s'en rendre compte. Vous savez que *ça* ne souffre pas ? Je peux la plonger dans le feu, et m'en servir comme d'un tisonnier pour retourner les bûches, sans avoir mal. En fermant le poing, j'en fais un marteau, et j'enfonce des clous de dix centimètres d'un seul coup. Je fends les bûches d'un revers de la paume, sans me servir d'une hache. Je me fais l'impression d'être un de ces karatékas des films de ma jeunesse, vous voyez ?

Peggy Sue voyait... *et elle en avait froid dans le dos.*

« Ce n'est pas possible, songea-t-elle. Je ne peux pas laisser Sebastian tenter l'expérience. C'est trop dangereux, je ne veux pas qu'il se transforme en lézard géant ! »

— Sûr que pour vous faire des câlins ça posera un problème ! souffla le chien bleu.

— Quand mon bras s'est transformé, chuchota le Suédois, j'ai d'abord pensé à la gangrène et j'ai failli le couper. Oh ! ç'aurait été vite fait : un coup de scie circulaire, et hop ! Mais j'ai attendu, je ne sais pas pourquoi... Ou plutôt si, je sais : à cause des écailles... et des ongles qui se changeaient en griffes. *Ça m'a plu.* Hein, c'est drôle ? J'ai senti que c'était plein de force, pas malade, non, au contraire. Rempli d'une force sauvage comme doit l'être une patte de tigre... Ça ne m'a pas fait peur, et même, ça m'a excité : j'avais hâte de voir ce que ça allait donner.

Il parlait bas, comme s'il craignait de réveiller la main monstrueuse emmanchée au bout de son poignet. Il souriait.

Il avait l'air heureux de quelqu'un qui a réussi à caresser un cobra et s'étonne d'être toujours en vie.

— Je suis sûr que ça ne vient pas du diable, répéta-t-il. Je ne pourrais pas vous expliquer d'où ça sort, je ne suis pas assez intelligent, mais une chose est certaine : ça n'a pas été fabriqué en enfer.

Doucement, avec minutie, il entreprit de rabattre sa manche de chemise sur le membre reptilien, puis d'introduire la main à l'intérieur du gant.

— Je ne vous ferai pas de démonstration, s'excusa-t-il. Je n'aime pas la réveiller quand ce n'est pas nécessaire. Après, une fois qu'elle est chaude, elle s'agite pendant des heures et ça finit par me faire mal à l'épaule. Mais depuis qu'elle est là je n'ai plus besoin de personne pour m'aider. Je soulève des charges incroyables à la force du poignet, j'arrache les souches sans outil.

Peggy Sue inspira profondément, elle s'aperçut qu'elle était en sueur.

— Hé ! rigola Fergus. Buvez donc un coup, les jeunes, ça vous redonnera des couleurs.

Les adolescents vidèrent leurs gobelets. Peu habituée à ce cidre fortement alcoolisé, Peggy sentit la tête lui tourner.

Au travers des vapeurs de l'alcool, elle se demanda si la métamorphose pouvait s'étendre, gagner progressivement le reste du corps ? Fergus n'allait-il pas un jour se transformer *tout entier* ?

Peggy chassa cette pensée effrayante.

Jenny prit congé du Suédois. Le géant les raccompagna jusqu'à la porte en leur expédiant de grandes bourrades dans le dos, pas inquiet pour un sou. Il leur répéta qu'il était content de son affaire, juré ! Et qu'il n'aurait pour rien au monde échangé sa patte de monstre contre un vrai bras d'homme.

Y croyait-il réellement ou essayait-il de s'en convaincre ? Peggy ne chercha pas à le savoir. À présent, elle savait que Jennifer disait la vérité et qu'il se passait à Châteaunoir des choses dépassant l'entendement humain.

Au moment où ils se préparaient à quitter le Suédois, Jenny lui demanda de leur prêter une pelle, et le bûcheron se fit un devoir de satisfaire ce souhait. Ils s'en allèrent donc par un chemin creux, Jenny marchant devant, l'outil sur l'épaule.

— C'était intéressant, hein ? lança-t-elle. Quand ce truc est arrivé au Suédois le miracle ne fonctionnait encore pas trop mal, c'est pour cette raison que ce vieux fou ne s'est pas *complètement* transformé en lézard. Il a eu de la chance dans son malheur. Aujourd'hui les choses ont empiré.

— Tu veux dire que les animaux du village lilliputien deviennent des crocodiles ? s'enquit Sebastian.

— Oui, confirma Jenny. De sales petits caïmans qui me boufferaient les orteils si je les laissais faire. (Elle haussa les épaules et ajouta :) Je veux encore vous montrer quelque chose, pour vous faire réfléchir. Après, j'aurai rempli tous mes devoirs, ce sera à vous de décider.

Peggy Sue comprit bientôt qu'elle les entraînait en direction du cimetière et se prépara aussitôt à une mauvaise surprise.

Le champ du dernier repos était séparé des terres avoisinantes par un petit muret qu'on enjambait sans mal. Les tombes alignées là étaient dépourvues du moindre ornement. Des rectangles de pierre grise jetés sur le sol. Noms et dates s'y trouvaient gravés en lettres mal dessinées. Nulle part on n'apercevait de fleurs.

— Vous devez encore voir ça avant de courir au Grand Mur, murmura Jenny en s'arrêtant devant une bosse de terre retournée. Les gens enterrés ici faisaient partie des premiers pèlerins. Ceux qui sont allés au miracle du temps où tout marchait à la perfection. À l'époque où les guérisons ne réservaient pas de mauvaises surprises.

Elle planta le fer de la pelle dans la terre gluante, et pesa dessus avec la semelle de sa chaussure. Peggy réalisa que l'adolescente se préparait tout bonnement à exhumer un cercueil, et ébaucha un geste de protestation. Jenny n'en tint pas compte.

— *Vous devez voir!* insista-t-elle. Ça vous ôtera peut-être vos derniers doutes. Le type qui est là-dessous s'appelait Jonas Dummy. Il s'était fait happer la main droite par une moissonneuse. Un accident fréquent dans le coin. On l'a emmené au miracle, et il en est revenu avec une main neuve. Il a fini par mourir, à l'âge de quatre-vingt-dix-huit ans. C'était un tout vieux bonhomme, ratatiné comme une pomme séchée, *mais sa nouvelle main n'avait pas vieilli, elle.* Elle avait l'air d'appartenir à un gamin tant elle était restée jeune et vigoureuse.

Peggy Sue se dandinait, mal à l'aise. Elle avait eu son compte de spectacles horrifiants pour la journée, et ne tenait pas à contempler ce que Jennifer se préparait à déterrer.

La jeune paysanne pelletait avec ardeur, rejetant la terre alourdie par la pluie. Elle n'eut pas à creuser profond ; tout de suite le tranchant de la pelle heurta le cercueil avec un bruit creux. Rapidement, d'un revers d'outil, elle dégagea le couvercle qui n'était pas cloué.

— Approchez, commanda-t-elle en faisant basculer la planche qui fermait la caisse.

Peggy Sue et Sebastian obéirent à contrecœur. Le chien bleu s'avança en frétillant de la queue, car il était toujours intéressé dès qu'il s'agissait de vieux os.

Le cercueil vermoulu avait pourri sous l'effet de l'humidité et c'était un miracle qu'il ne se fût pas démantibulé depuis longtemps. Un squelette reposait au fond. Un squelette jaune dont la mâchoire inférieure s'était décrochée, probablement à force de bâiller d'ennui…

— Regardez sa main, ordonna Jenny. Vous voyez ?

Peggy Sue se mordit la lèvre. *Au bout du bras d'os s'emmanchait une main parfaitement conservée, rose, intacte, sans aucune trace de putréfaction.* Une main qu'on aurait pu croire en cire.

— À l'époque le miracle fonctionnait bien, observa Jenny. C'était du bel ouvrage. Regardez ça ! Pas de trace d'écailles ou de griffes, c'est une superbe main humaine. Vous savez qu'elle vit encore ?

— Tu te fiches de nous ? grogna Sebastian.

— Pas du tout, protesta l'adolescente. Attendez que je vous montre…

Du bout de la pelle, elle entreprit d'agacer les doigts de chair rose comme s'il s'agissait d'un rat prisonnier d'un piège. Aussitôt, la main, qui était restée jusque-là parfaitement immobile, sursauta et se mit à griffer le fond du cercueil, mécontente d'être tirée du sommeil. Sous l'effet de la surprise Peggy faillit perdre l'équilibre et tomber dans le trou. Sebastian la rattrapa de justesse.

Accrochée aux os d'un homme mort depuis trente ans, la main vivait toujours, affranchie des lois de la biologie. Maintenant qu'elle était parfaitement réveillée, elle sautait, tel un chiot farceur s'apprêtant à courir derrière un bouchon. On sentait qu'il n'aurait pas fallu beaucoup insister pour la convaincre d'aller se promener en ville. Elle aurait sûrement pris un malin plaisir à tirer la queue des chats !

— Referme ça ! ordonna sèchement Sebastian en reculant de trois pas.

Jennifer haussa les épaules et remit le couvercle en place, puis elle recouvrit le cercueil de terre.

— Vous voyez, dit-elle pendant qu'elle pelletait. Je ne vous ai pas raconté de blagues. À l'époque, le docteur Squelette ne se moquait pas des gens, quand il vous donnait quelque chose, c'était pour la vie. Du beau boulot, ça oui !

Peggy enfonça les poings dans ses poches et respira profondément pour se donner du courage.

— Je pourrais ouvrir d'autres tombes, déclara la rouquine. Ce serait pareil. Vous verriez des squelettes qui s'ennuient, et puis des organes bien roses, toujours frétillants, qui ont survécu à leurs propriétaires. Des pieds, des jambes toujours en état de marche. Mais ils en profiteraient pour s'échapper et courir sur la lande, ça ferait des histoires à n'en plus finir. C'est qu'ils s'embêtent ferme là-dessous, alors ils sautent sur la moindre occasion pour s'échapper et faire les andouilles. Une fois, une jambe a fichu le camp, elle a couru en ville botter les fesses des passants. Je me suis fait disputer.

— Et tu ne trouves pas ça effrayant ? souffla Peggy.

— Non, lâcha la jeune paysanne. Ça prouve simplement qu'ils étaient faits pour durer cent ans… ou même plus. C'était du beau boulot. Tu comprends pourquoi les gens venaient nous voir de l'autre bout du pays, hein ? Quel chirurgien aurait pu leur faire une greffe de cette qualité ? Et puis ici, c'était gratis.

Du plat de la pelle, elle égalisa la terre recouvrant la tombe de Jonas Dummy. Elle ne semblait pas le moins du monde gênée par ce qu'elle venait de faire.

— Hé ! protesta le chien bleu. Vous n'emportez pas quelques os pour la route ? J'ai faim, moi ! Laisser un si beau squelette inemployé, quel gâchis !

— Allons-nous-en ! souffla Peggy qui craignait que Jennifer ne se mette en tête d'ouvrir un nouveau cercueil.

— Il fallait que vous preniez conscience des risques encourus, déclara Jenny d'un ton sentencieux. Ça vous ôtera peut-être l'envie d'aller rôder du côté du Grand Mur. (Elle jeta la pelle sur son épaule.) Le miracle a sauvé la vie à des centaines de gens qui seraient morts sans lui ; hélas, le docteur Squelette n'est plus aussi fort que dans le passé. Ses bricolages ne tiennent plus la route. Vous avez vu ce qui est arrivé à Fergus le Suédois ? Si celui-ci (elle désigna Sebastian) s'obstine à vouloir se faire réparer par le guérisseur, il pourrait avoir une vilaine surprise.

Peggy ne dit rien. L'image de la main rose et bien portante griffant le bois du cercueil vermoulu dansait devant ses yeux. Sebastian demeura silencieux. Son visage avait une expression entêtée qui n'annonçait rien de bon.

Le petit groupe prit le chemin du camp des ferrailleurs. Ils avançaient comme des somnambules. Très vite, Sebastian s'éloigna d'un pas rapide, comme s'il voulait être seul pour réfléchir. Quand il fut à bonne distance, il ouvrit la main gauche pour la contempler. Le tatouage qui se promenait sur son corps occupait maintenant le creux de sa paume. Au cours des dernières heures les lettres s'étaient étirées, tire-bouchonnées, pour former un nouveau message qui disait :

N'écoute personne. Va au château. Le guérisseur t'attend.

Peggy Sue lâcha un profond soupir.

— Tu penses à ton petit copain ? demanda Jenny comme si elle lisait dans ses pensées. Il est mignon mais il a un gros problème. Il a tendance à tomber en morceaux. Tu veux vraiment lui venir en aide ?

— Oui, murmura Peggy.

— Alors dis-lui de rester comme il est, souffla Jennifer. C'est dangereux d'aller là-bas. Nul ne peut prévoir combien de temps durera la guérison. Tu imagines la tête que tu feras s'il se transforme en crocodile ?

— Il est obstiné, gémit Peggy. Et puis il tient tellement à guérir que rien ne peut lui faire vraiment peur. S'il ne redevient pas humain, il me quittera, il l'a dit. Il ne veut pas me condamner à vivre avec un monstre.

— Ça ne me regarde pas, fit Jennifer. Moi je me contente de t'avertir. Si tu l'accompagnes, fais attention à toi. Il pourrait t'arriver des bricoles.

Ils se couchèrent.

Quand elle s'éveilla, le lendemain matin, Peggy Sue s'aperçut que Sebastian avait disparu. Elle se redressa d'une détente des reins et bondit hors du camion. La plaine était vide. Le chien bleu la rejoignit.

— Que se passe-t-il ? bâilla-t-il, encore à moitié endormi.

— Sebastian est parti ! gémit la jeune fille. Il a profité de la nuit pour se rendre tout seul au monastère. Il n'a pas voulu que je l'accompagne.

Elle ne retenait plus ses larmes.

— C'est peut-être mieux ainsi, marmonna l'animal. De cette manière, s'il se met dans les ennuis, on pourra essayer de l'en sortir.

— Il m'a laissée ! gémit Peggy. Il m'a laissée…

Elle sanglotait, le visage dans les mains.

— C'était à prévoir, intervint Jenny que les cris de Peggy avaient tirée du sommeil. Permets-moi de te dire que ton petit copain s'est jeté la tête la première dans la gueule du loup.

— Je vais le rejoindre, décida Peggy Sue en ravalant ses larmes. Je boucle mon sac et je me mets en route. Il ne se débarrassera pas de moi aussi facilement.

— Tu fais une grosse bêtise, observa Jennifer. Mais si tu persistes dans cette idée débile, il serait temps que je te donne un certain nombre d'informations.

12

Le mystère des ruines

Suivies par le chien bleu, les deux jeunes filles avançaient côte à côte sur la lande.

— Tu dois savoir un truc, déclara Jennifer d'un ton sans appel. Le docteur Squelette est obsédé par les blessures. Dès que quelqu'un s'égratigne il se précipite pour le soigner, même si le bobo est insignifiant. Tant que ton corps restera intact, tu n'auras rien à craindre, il ne montrera pas le bout de son nez. Mais à la moindre griffure, il se lancera sur tes traces pour te soigner *à sa manière*. Tu entends ? Il suffira d'une goutte de sang, d'une écorchure au doigt, au genou, et tu deviendras sa cible. Une cible prioritaire qu'il entreprendra d'« améliorer ».

— Tu as une idée de ce qui a pu arriver à Sebastian ? demanda Peggy, la gorge serrée.

— Oui, fit Jennifer en baissant les yeux. Il y a un gros travail à effectuer sur lui puisque ses organes se transforment en poussière, alors je pense que le chirurgien de la nuit l'a emmené à l'intérieur du château, pour modifier son corps à loisir.

— Que crois-tu qu'il va devenir ?

— Je n'en sais rien. Le miracle s'est détraqué. Les animaux qu'on place dans les maisons de poupée ne résistent pas longtemps aux manipulations du docteur Squelette. Ils deviennent vite monstrueux.

— Le cochon… murmura Peggy Sue. Le cochon à l'imperméable jaune… Est-ce que le docteur va le transformer en homme ?

— Bien sûr, fit Jenny. Le guérisseur commence toujours par leur donner l'apparence d'un joli petit garçon mais les visages ne durent pas, ils se couvrent d'écailles. Des crocs leur poussent plein la bouche, des crocs d'alligator.

Elle fit une pause, saisit Peggy par la main avant d'ajouter :

— Tu veux vraiment y aller ?

— Oui, souffla Peggy Sue. J'aime Sebastian, tu comprends ? C'est pour moi qu'il veut redevenir humain. Je n'ai jamais rien exigé mais il s'est mis ce truc dans la tête, ça a fini par l'obséder. S'il ne parvient pas à se débarrasser de la malédiction il me quittera. Il me l'a dit, et je sais qu'il le fera. Un beau jour il disparaîtra et j'aurai beau le chercher, je ne le retrouverai jamais.

Jenny hocha la tête, méditant cette information. Peggy retenait ses larmes à grand-peine.

À présent, les adolescentes avaient dépassé le cimetière. Le chien bleu sur les talons, elles s'engagèrent sur la plaine de boue. Peggy ne put s'empêcher de scruter la brume. Où se cachait donc ce fichu mur d'enceinte ?

— Il n'y a pas de police à Châteaunoir ? demanda-t-elle. Vous n'avez jamais eu d'ennuis avec les autorités ?

— Pas de police, et pas d'école non plus, répondit Jenny. L'église est fermée depuis cent cinquante ans. Nous vivons hors du monde civilisé, selon nos propres lois.

Jenny chuchotait. Peggy Sue nota qu'elle avait ralenti l'allure.

— Une fois là-bas, dit la jeune paysanne, tu ne pourras plus compter que sur toi. Je ne t'accompagnerai pas.

— Tu as peur ?

— *Bien sûr !* Personne ne sait ce qui se cache de l'autre côté du mur. On dit qu'il y a un jardin, et, au cœur du jardin, un bâtiment où vit le docteur Squelette. C'est la nuit que les choses arrivent. Tu te rappelleras ? Essaye de trouver un endroit sûr pour dormir, et surtout ne fais pas couler ton sang. Aucune écorchure. Aucune blessure.

Jennifer parut réfléchir, puis ajouta précipitamment :

— Tu devrais peut-être emporter un leurre pour faire diversion ?

— Un leurre ?

— Oui, un sac de mulots vivants par exemple. Si le docteur Squelette s'approche de toi, il te suffira de prendre l'une des bestioles, de la faire saigner et de lui rendre la liberté. Elle attirera la menace sur elle en s'enfuyant.

Peggy Sue s'imagina traînant en bandoulière un sac rempli de souris. Elle grimaça.

— Non, dit-elle. J'irai comme ça.

— Tu as tort, grogna Jenny en prenant un air buté. On dit que le jardin est rempli de ronces, tu vas sûrement t'écorcher en traversant les broussailles.

— Je ferai attention, plaida Peggy Sue. Et je ne resterai pas longtemps.

— Comme tu veux, marmonna Jenny d'un ton boudeur. De toute manière, si tu es en danger, utilise ton chien. Coupe-lui une oreille, il se mettra à saigner. Le docteur Squelette se lancera à sa poursuite. Cela te laissera le temps de prendre la fuite.

— Quelle horreur ! s'écria Peggy. Je ne ferai jamais ça ! Ce chien est mon ami, je ne veux pas qu'on lui fasse du mal.

Jennifer haussa les épaules, signifiant par là qu'elle déclinait toute responsabilité dès lors que Peggy Sue s'entêtait à se conduire comme une enfant.

Brusquement, le mur d'enceinte jaillit de la brume, beaucoup plus proche que Peggy ne le croyait. Oui, soudain il fut là, sous ses yeux, lui bouchant la ligne d'horizon, telle une étrange muraille de Chine composée de grosses pierres noirâtres. Jenny lui lâcha la main et fit un pas en arrière.

— Je ne vais pas plus loin, annonça-t-elle. C'est trop dangereux.

Elle parut hésiter, puis se jeta au cou de Peggy Sue, l'embrassa sur la joue et s'enfuit en courant.

Peggy resta un moment immobile, rassemblant son courage en vue de ce qui allait suivre.

— Il me semble que c'est à nous de jouer, déclara mentalement le chien bleu. Ce ne sera pas la première fois que nous nous jetterons dans la gueule du loup, pas vrai ?

— Flaires-tu quelque chose ? interrogea l'adolescente.

L'animal renifla.

— Une puissante odeur règne sur les lieux, dit-il au bout d'une minute. Je n'ai jamais senti ça ailleurs. *C'est à la fois vivant et mort.* Quoi qu'il en soit, il y a une présence. Une conscience aux aguets. Ça ne cessera pas une seconde de nous surveiller dès que nous serons sur son territoire, tel un tigre caché dans les buissons…

Cent mètres de terrain nu les séparaient de la muraille. Cent mètres d'une terre bouleversée, pleine de bosses et de creux. Peggy prit une inspiration et s'élança, le souffle court. Comme elle s'efforçait de descendre une petite pente sans déraper dans la caillasse, elle poussa un cri de terreur.

Devant elle, des membres humains avaient été piqués sur des bâtons. Il y avait là des mains, des jambes, des bras, et même des têtes coupées !

Cette haie d'épouvante dressait une barrière en travers du chemin.

Le cœur au bord des lèvres, elle se força à marcher, les yeux fixés sur les macabres débris.

— Nom d'une saucisse atomique ! gronda le chien bleu. Jenny ne nous a pas parlé de ça… Qui a-t-on coupé en morceaux ? *Pourvu que ce ne soit pas Sebastian...*

En arrivant à la hauteur des têtes tranchées, les deux amis comprirent leur erreur ! Il s'agissait d'ex-voto[1] en cire, comme on en trouve sur les lieux de pèlerinage ! Il y avait des mains de glaise ou de plâtre, des têtes en bois que les pèlerins avaient déposées en offrande. Les modelages grossiers s'étaient ratatinés au fil du temps, prenant cet aspect de chair momifiée qui les avait abusés. Peggy poussa un soupir de soulagement et se traita d'idiote.

— Cela nous servira de leçon ! lâcha le chien bleu. Nous sommes beaucoup trop sensibles aux fantasmagories de la lande. Si on n'y prend pas garde, nous mourrons de peur avant même d'avoir franchi le Grand Mur.

1. Objets de cire, de bois ou de plâtre déposés par les pèlerins. Ces sculptures représentent la partie malade qu'on désire voir guérir.

13

Le jardin d'épouvante

Peggy essayait de conserver son calme, mais l'ombre du mur l'écrasait chaque seconde davantage. La jeune fille hésitait à s'en approcher et restait prudemment à la lisière de ce long ruban nocturne qui bordait la muraille sur toute sa longueur.

Les milliers de processions rituelles qui s'étaient jadis déroulées là avaient creusé le sol, y ouvrant un chemin raviné. On distinguait nettement la route suivie par les porteurs de civières ; de même qu'on pouvait voir, inscrit dans la terre, l'emplacement où l'on avait coutume de déposer les corps souffrants. Le poids des malades s'était imprimé dans la glaise molle, y dessinant les contours d'un sarcophage approximatif. Peggy s'agenouilla au bord de la cavité. L'argile possédait une consistance élastique qui rappelait le mastic ou la pâte à modeler. C'était rose comme une chair pâle.

— On dirait que c'est vivant… observa le chien bleu. Ça ressemble à une escalope de veau géante. Miam ! Pour un peu j'aurais envie de mordre dedans.

— N'en fais rien ! haleta Peggy. C'est peut-être empoisonné.

Elle se redressa. Essayait-on de leur faire peur pour les amener à rebrousser chemin ? Est-ce qu'une volonté étrangère s'insinuait dans son esprit pour l'effrayer par des visions de cauchemar ?

Elle leva les yeux. Elle n'avait pas encore touché le mur. C'était un rempart haut de six mètres, sans aucune meurtrière. L'ouvrage avait été bâti par des amateurs, et laissait à désirer. Peggy Sue ne pouvait admettre qu'on eût volontairement oublié d'y ouvrir une porte, aussi se mit-elle à longer la construction dans l'espoir d'y dénicher un passage. La muraille lui renvoyait l'écho de ses pas avec un léger décalage, ce qui finissait par donner l'illusion que quelqu'un la suivait, s'arrêtant quand elle s'arrêtait, repartant lorsqu'elle se remettait en marche. *Quelqu'un d'invisible…*

Au début elle pensa : « C'est bête, je ne me retournerai pas. » Puis l'angoisse s'installa dans sa poitrine, grossissant jusqu'à l'étouffer, et elle comprit qu'elle ne pourrait continuer plus avant si elle ne jetait pas un coup d'œil par-dessus son épaule pour vérifier que personne ne lui avait emboîté le pas. Elle tourna brusquement la tête, espérant surprendre quelque chose, mais ne vit rien. Elle explora le sol du regard, à la recherche des traces de pas laissées par le suiveur.

Elle n'aperçut que ses propres marques et celles du chien bleu, imprimées dans la glaise élastique.

— Ça ne veut rien dire, lui souffla la voix de l'animal. La chose qui nous a pris en filature peut très bien se déplacer en posant les pieds dans tes traces.

Cette éventualité parut insupportable à la jeune fille, et elle eut la tentation de boxer l'air pour vérifier qu'un être invisible ne se tenait pas derrière elle, immobile, attendant sagement qu'elle se remette en marche.

— Ce n'est que l'écho ! souffla le chien bleu.

Les deux amis reprirent leur déambulation. Arrivés à l'angle du mur, ils s'arrêtèrent un instant. La muraille se cassait à quatre-vingt-dix degrés et repartait vers le nord, pour une course d'au moins deux cents mètres. C'était comme un cimetière parfaitement clos, *sans aucune entrée*.

— Ceux qui ont érigé ce rempart l'ont fait avec l'intention de s'emmurer eux-mêmes ! observa le chien bleu. Soit ils n'aimaient pas la compagnie des humains, soit ils cachaient un prisonnier sacrément dangereux.

— Tu as sans doute raison, souffla Peggy. Le problème, c'est que les geôliers sont morts depuis longtemps… et que le condamné leur a survécu !

Par endroits, une végétation noire débordait du faîte du mur. Des branches noueuses, du lierre dont les enchevêtrements pendaient jusqu'à terre tels les cheveux d'un géant qui ne se serait pas lavé la tête depuis trois siècles. Des lianes aussi, constituées d'un chanvre épais qui évoquait les cordages d'un navire.

Çà et là, des lézardes se dessinaient entre les blocs de maçonnerie, comme si le mur s'était fendu sous l'action d'un glissement de terrain. Un ciment rose colmatait ces brèches. Qui avait exécuté ces travaux ? Les villageois ? Les pèlerins ?

Peggy scruta les lézardes. À force de fixer les sillons d'enduit pâle, elle eut l'illusion que le ciment frissonnait dans le vent du matin, comme une peau nue surprise par la fraîcheur de l'aube. *C'était complètement stupide.* Elle fit un pas en avant, ne pouvant se résoudre à tendre la main pour palper la fissure. Allons ! Elle devenait idiote ! Si c'était mou, c'était simplement parce que l'enduit n'était pas encore sec, voilà tout !

L'adolescente pressa le pas, décidée à en finir. Elle tourna une nouvelle fois à l'angle du mur. *N'y avait-il vraiment aucune porte, aucune grille ?* Elle aurait aimé pouvoir examiner ce qui se cachait de l'autre côté du rempart sans avoir à l'escalader. De plus, il lui aurait fallu pour cela disposer d'une échelle. Comment Sebastian était-il entré ? En utilisant le lierre, probablement.

Peggy Sue tourna encore deux fois à angle droit pour se retrouver à son point de départ. Elle consulta sa montre, elle avait marché plus d'une heure sans dénicher la moindre ouverture.

— Peut-être cette espèce de château dispose-t-il d'un passage secret qui pivote lorsqu'on l'actionne de l'intérieur ? hasarda le chien bleu.

151

N'ayant aucun moyen de déceler cet artifice, il ne restait plus aux deux amis qu'à grimper au mur en se servant des lianes.

L'estomac noué, Peggy prit l'animal sous son bras gauche, et, du droit, se cramponna aux tresses de chanvre. Comme elle était assez forte en gymnastique, elle parvint à se hisser tout en haut sans trop de difficulté. L'enchevêtrement végétal émit une série de craquements mais résista à la traction. Dérangés, des araignées et des mille-pattes prirent la fuite, cherchant l'abri des fissures. Peggy Sue s'immobilisa au sommet pour reconnaître les lieux.

Une végétation noire avait envahi le jardin au cours des ans, formant une gigantesque pelote d'épines qui n'était pas sans entretenir quelque ressemblance avec un rouleau de fil de fer barbelé dont on aurait mélangé les spires. Ce réseau inextricable décourageait l'exploration. S'y déplacer, c'était courir le risque de se faire écorcher vif.

— Nom d'une saucisse atomique ! grogna le chien bleu. On aurait dû emporter des armures…

Des armures ou un lance-flammes ! songea Peggy, car les buissons de ronces constituaient un véritable labyrinthe qui bourgeonnait à plusieurs mètres au-dessus du sol. Cette forêt d'épines acérées semblait défendre l'accès d'un camp retranché.

— Rappelle-toi ce qu'a dit Jennifer, grommela le chien bleu. Nous n'avons pas intérêt à nous écorcher. À la moindre éraflure, le docteur Squelette reniflera l'odeur du sang et rappliquera pour nous… *soigner.*

— Je sais, souffla Peggy.

Des ruines elles-mêmes, on apercevait peu de chose. Un dôme de pierre effondré qui faisait penser à une carapace de tortue émiettée. Une tour haute d'une vingtaine de mètres flanquait cette coupole, tel un donjon lézardé. Peggy Sue, qui s'était attendue à découvrir un château dans la plus pure tradition du Moyen Âge, fut surprise par le spectacle de cet igloo gigantesque à la coupole trouée.

— Ce n'est qu'un tas de gravats, commenta le chien bleu. Y a rien à visiter ! Ça va nous dégringoler sur la tête dès qu'on y glissera le museau.

— Le style de la construction est curieux, fit Peggy d'un ton songeur, on dirait que ça n'a pas été bâti par des humains.

Les deux amis ne pouvaient rester à cheval sur la muraille toute la journée, il leur fallait se décider à descendre. Cramponnée aux lianes, Peggy se laissa glisser côté jardin. Lorsqu'elle toucha terre, elle songea que Sebastian avait sans doute ouvert un passage au travers des buissons pour gagner le bâtiment. Elle n'aurait qu'à le localiser et à l'emprunter, cela réduirait d'autant le risque d'écorchure.

Les ronces tissaient sur le sol un tapis craquant, hérissé de piquants. Les épines étaient si grosses que Peggy Sue se demanda si elles n'allaient pas transpercer la semelle de ses tennis. Elle avança à pas prudents, écrasant ces milliers de griffes végétales qui sortaient de terre, et poussa un soupir de soulagement en les entendant craquer sous ses talons.

— Ne me lâche pas ! supplia le chien bleu. Je vais me trouer les pattes en marchant là-dessus.

Peggy longea le mur jusqu'à ce qu'elle découvre la trouée ouverte par Sebastian. À cet endroit on avait taillé à coups de serpe un couloir dans l'épaisseur des broussailles, sectionnant les fibres noueuses qu'on avait ensuite piétinées. Les tiges blessées laissaient goutter une sève rose foncé, en voie de coagulation. La jeune fille s'engagea sur ce sentier qui menait droit aux ruines. Elle progressait avec prudence, veillant à ne pas s'écorcher. Elle gardait présent à l'esprit le conseil de Jenny : *Pas la moindre coupure, sinon…*

Elle se sentait dans la peau de ces naufragés qu'une infime blessure condamne à la gourmandise des requins. Trois gouttes de sang dans la mer… Trois gouttes qui suffisent à appâter les squales nageant aux alentours.

En approchant des ruines, elle vit les statues… ou plutôt ce qu'il en restait. Elle eut la conviction qu'on les avait volontairement saccagées à coups de pioche pour les rendre impossibles à identifier. Si les têtes avaient été défigurées, on pouvait encore deviner la forme des corps, *et ces corps n'avaient rien d'humain.*

— Regarde ! jappa le chien bleu en gigotant. Des démons ! Nous sommes sûrement dans l'enceinte d'un temple consacré à un culte démoniaque.

Peggy Sue s'approcha d'un piédestal. La chose qui s'y dressait prenait appui sur des pieds griffus, écailleux. Les membres postérieurs d'une créature reptilienne. Peut-être l'une de ces chimères dont étaient si friands les sculpteurs du Moyen Âge. Une gargouille ? Une gargouille ailée à gueule de lézard ?

— C'est bête que le visage et le torse aient été saccagés, grogna le chien bleu. On ne saura jamais comment était le bonhomme.

— On en a une petite idée, en tout cas, gémit Peggy, et ça n'a rien d'appétissant.

Ils dénombrèrent treize socles de pierre grise. Treize, un nombre maléfique.

« Une religion de barbares adorant des monstres », songea de nouveau Peggy Sue en se détournant des idoles mutilées.

Prenant une profonde inspiration, elle entra dans les ruines.

Elle n'osait crier le nom de Sebastian, de peur d'éveiller l'attention du docteur Squelette. Et pourtant le garçon se trouvait probablement là.

D'emblée, elle fut désorientée. Elle s'était préparée à explorer un véritable château, or le bâtiment n'avait rien de commun avec une construction du Moyen Âge. Il aurait été plus judicieux de le comparer à une caverne artificielle. On aurait en vain cherché des vitraux, des décorations, des chapelles. C'était plutôt une énorme bulle de pierre en partie éboulée. Quelque chose comme la carapace d'une tortue géante morte depuis trois millions d'années. Une carapace vide et ouverte aux quatre vents. Çà et là, des piliers soutenaient le dôme. La lumière du dehors entrait par les trous de la voûte effondrée, et certaines salles étaient plongées dans la plus complète obscurité. Peggy sentit son estomac se tortiller d'appréhension.

— Pas réjouissant, hein ? souffla le chien bleu. On dirait un œuf de dinosaure dont le « poussin » serait parti faire un tour.

Les parois avaient jadis été ornées de fresques mais on les avait grattées avec fureur, n'en laissant que des écailles de peinture rouge qui tachaient la voûte telles des éclaboussures de sang. Peggy Sue marchait à pas lents, la tête rentrée dans les épaules. Son pied buta contre un objet abandonné dans les gravats.

C'était la chaussure gauche de Sebastian !

Le cœur de la jeune fille battit très fort. L'énorme masse de la construction l'oppressait. N'allait-elle pas s'ébouler tout à coup, l'ensevelissant sous une montagne de débris ?

La première salle formait une rotonde au pavage inégal. Peggy s'avança. L'odeur d'humidité la prit à la gorge.

Au seuil de la deuxième salle, elle aperçut une forme sombre allongée sur les dalles. Un cocon brunâtre qui l'effraya tout d'abord car elle le prit pour une chenille géante. Elle réalisa ensuite qu'il s'agissait d'un sac de couchage. Sebastian s'y trouvait empaqueté. Étendu sur le dos, les yeux clos, il dormait d'un sommeil profond ; la sueur perlait sur son visage comme s'il avait de la fièvre. Peggy lui toucha le front pour essayer de le réveiller, mais le garçon garda les paupières closes. Quand elle le secoua, il se contenta de gémir.

— Au moins il est vivant ! s'exclama le chien bleu, mais il a l'air drogué. Il y a une odeur chimique sur lui, quelque chose qui m'irrite la truffe et me donne envie de fermer les yeux.

— Sans doute un anesthésique, haleta la jeune fille.

Prise d'un soupçon, elle chercha la fermeture Éclair du sac de couchage et la tira vers le bas. Sebastian était tout nu à l'intérieur de l'abri matelassé. Une grande cicatrise rose lui fendait le corps depuis la base du cou jusqu'au nombril, comme si on l'avait ouvert en deux telle une cosse de petits pois. Cette incision avait été recousue à l'aide d'un fil à suture qui commençait déjà à se dissoudre. Peggy sentit ses cheveux se dresser sur sa nuque. Comment avait-on pu procéder à une opération de cette importance dans un endroit aussi sale, sans disposer d'un bloc chirurgical ? C'était de la folie ! Les mains tremblantes, elle referma le duvet.

— C'est impressionnant, soit, admit le chien bleu, mais il est vivant. C'est tout ce qui importe. Je pense que le docteur Squelette l'a ouvert pour remplacer le sable dont il était constitué par de vrais organes humains, il lui a aussi greffé une nouvelle peau. Ça a l'air d'avoir marché, réfléchis : un type souffrant de la grippe serait plus fiévreux que lui !

— Je ne peux pas m'empêcher de penser au bras de Fergus le Suédois, bredouilla Peggy. Qu'est-ce qui va se passer si les nouveaux organes de Sebastian se transforment en boyaux de crocodile, hein ?

— Attendons de voir, proposa le chien. Sebastian est intransportable. Pour le ramener chez nous, il faut attendre que les cicatrices disparaissent et qu'il se réveille.

Contre un pilier lézardé, Peggy découvrit le sac à dos du garçon. Il était rempli de nourriture. La jeune fille piocha dans un paquet d'abricots secs ; en dépit de l'angoisse qui lui comprimait la poitrine, elle mourait de faim.

« Manger les provisions de Sebastian me permettra d'économiser les miennes, se dit-elle. Ainsi je pourrai rester plus longtemps ici si le besoin s'en fait sentir. »

Elle partagea son repas avec le chien bleu, sans cesser pour autant de jeter des coups d'œil aux alentours. Elle fit passer les fruits avec deux gorgées d'eau volées au bidon de campeur de Sebastian. Le moindre bruit était amplifié par le dôme et l'effet de résonance lui renvoyait avec un décalage d'une demi-seconde l'écho de sa propre respiration. Ce phénomène créait l'illusion que quelqu'un haletait dans l'obscurité, un être doté d'une énorme cage thoracique. *Un géant peut-être…*

— Il ne faut pas laisser notre imagination vagabonder, lança le chien bleu devinant son trouble, sinon nous sommes fichus. Dès que Sebastian sera réveillé nous lèverons le camp et nous nous dépêcherons d'oublier cet endroit.

Peggy ne put s'empêcher de regarder derrière le pilier. La colonne de pierre était énorme mais fendue de haut en bas par une crevasse. Ses voisines se trouvaient dans le même état. Camper sous cette voûte au bord de l'effondrement relevait de l'inconscience.

Dans le sac à dos, elle préleva une grosse torche électrique à manche caoutchouté et un couteau scout. La lampe allumée, elle se lança dans l'exploration de la troisième salle. Elle sentait l'affolement la gagner. À n'en pas douter, c'était là la plus effrayante de ses aventures ! Des peurs irréfléchies l'envahissaient. Elle se savait en bonne santé, mais que se passerait-il si elle avait soudain la migraine ? Le docteur Squelette sortirait-il de l'ombre pour lui découper la calotte crânienne et lui implanter un cerveau neuf ?

Elle allait rebrousser chemin quand le halo de sa torche accrocha quelque chose d'insolite. Une souris. Une souris qui reposait sur le dos, dans la poussière, les pattes en l'air. Peggy crut d'abord qu'elle était morte, puis distingua une zone de pelage rasé sur son abdomen. Un cercle de peau nue, parfaitement délimité. Elle s'agenouilla pour ramasser la bestiole. La souris était toujours en vie mais elle dormait et les battements de son cœur minuscule faisaient vibrer ses flancs. *On l'avait opérée, elle aussi.* Une incision minuscule mais parfaitement suturée fendait son ventre, on l'avait effectuée avec une précision relevant de la microchirurgie. Stupéfaite, Peggy posa le rongeur sur une pierre plate et s'enfuit. Un souriceau opéré de l'appendicite ! Décidément, elle aurait tout vu !

Cette fois elle traversa les différentes salles au pas de course pour retrouver la lumière du jour. Elle ne s'arrêta qu'une fois dans le jardin de ronces, et s'adossa au socle d'une statue défigurée pour reprendre son souffle.

— Tu as vu ? lança-t-elle au chien bleu. Il opère même les souris ! C'est une histoire de fous. Que doit-on faire, à ton avis ?

— Bouger quelqu'un qu'on vient d'opérer est toujours dangereux, marmonna l'animal. On ne peut pas emporter Sebastian tant qu'il est inconscient. De plus, tu ne pourras jamais escalader le mur en tirant ce poids mort. Ses cicatrices risquent de s'ouvrir.

Nerveusement, Peggy s'était mise à tourner autour du dôme, longeant le chemin de ronde que n'avaient pas encore envahi les broussailles. Dans la découpe d'un créneau, elle vit un corbeau, endormi, anesthésié. Son aile droite brisée avait été réparée au moyen de broches métalliques microscopiques, comme celles qu'on utilise pour la chirurgie humaine. C'était là un travail délicat et d'une précision absolue qui provoquait l'admiration.

Dans la demi-heure qui suivit, Peggy et le chien bleu dénichèrent un grand nombre d'animaux convalescents. Tous dormaient du même sommeil artificiel qui les préservait de la souffrance. Il y avait là des lièvres, des belettes, des ratons laveurs… et même des escargots dont on avait restauré la coquille brisée. Tout se passait comme si le docteur Squelette ne pouvait

160

s'empêcher d'intervenir dès qu'il détectait la présence d'une blessure. Il dispensait sa science sans discrimination, en faisant profiter les hommes comme les animaux. Il soignait tout le monde, avec le même sérieux et la même dextérité.

— Tu as vu ça? bredouilla le chien bleu. Sur la coquille cassée des escargots, il a posé des agrafes à peine visibles tant elles sont miniaturisées.

— Le plus fou, observa Peggy, c'est que chacune de ces interventions s'est déroulée en pleine nuit!

La jeune fille renonça à poursuivre ses investigations à travers le jardin. Elle déclara:

— J'ai la conviction qu'en cherchant bien on pourrait mettre la main sur des araignées opérées de l'appendicite ou des limaces auxquelles on a implanté un cœur artificiel!

Le chien bleu continuait à scruter le sol.

— Tu as raison, dit-il, regarde ça! Voilà un scarabée dont on a plâtré l'une des pattes! Je suis sûr qu'on va bientôt trouver des mouches auxquelles on a greffé des prothèses auditives ou des araignées myopes pour lesquelles le docteur Squelette a fabriqué des lunettes minuscules. Si ça se trouve, il met des lentilles de contact aux libellules!

Désormais, ils étaient prêts à tout envisager, même les hypothèses les plus farfelues…

Peggy consulta sa montre. Dans trois heures la nuit serait là. Quelle stratégie devait-elle adopter? Quitter les lieux au plus vite pour revenir le lendemain matin ou bien… faire face ? Tenter d'élucider le mystère et de surprendre le docteur Squelette en plein travail.

Elle avait peur de ce qui se cachait derrière ces vieilles pierres mais elle répugnait à l'idée d'abandonner Sebastian.

Elle remonta le col de la veste car l'humidité la transperçait.

— Nous sommes en bonne santé, dit-elle à mi-voix, nous ne souffrons d'aucune blessure récente, la chose qui officie entre ces murs devrait donc *normalement* se désintéresser de nous.

— Sans doute, fit le chien bleu. Puisque la sorcière t'a guérie de ta myopie tu n'as plus à craindre que le docteur Squelette te greffe des yeux de lézard. Le problème c'est que je suis télépathe… va-t-il considérer ça comme une maladie et m'opérer du cerveau ? Je ne voudrais pas redevenir un chien normal, incapable de parler… Ce serait trop triste.

— Je devrais peut-être te déposer de l'autre côté du mur, fit Peggy Sue, ce serait plus prudent.

— Non ! s'entêta l'animal. Je veux rester avec toi. Pas question que je t'abandonne. Nous avons toujours lutté ensemble, il n'y a pas de raison que ça change aujourd'hui.

Peggy attira le petit animal contre elle et le serra très fort.

— Gratte-moi entre les oreilles, demanda le chien. J'adore ça.

162

Pendant qu'elle dorlotait son compagnon à quatre pattes, Peggy se récitait le théorème énoncé par Jenny pour s'assurer qu'elle l'avait respecté en tout point. La jeune paysanne lui avait recommandé de se méfier des ronces, elle l'avait écoutée. Aucune égratignure ne zébrait ses mains ou son visage. Dans ces conditions, elle pouvait s'embusquer derrière un pilier et attendre la venue de la nuit. Sa bonne santé la rendrait invisible aux yeux de la chose qui hantait les ruines.

Ayant recouvré sa détermination, Peggy rentra dans le bâtiment avec l'intention de terminer sa visite des lieux avant le coucher du soleil. Le jour, à ce que prétendait Jenny, on ne risquait rien, il fallait donc en profiter ! La torche au poing, elle s'enfonça dans la pénombre de la coupole. Certaines salles étant dépourvues de la moindre ouverture, il y régnait une nuit totale assez oppressante. L'architecture était si fruste que Peggy et le chien bleu avaient l'impression de se déplacer dans une caverne.

Enfin, dans la dernière salle, le halo de la lampe isola une ouverture dans le sol. Un carré de nuit où s'enfonçait un escalier de pierre aux marches branlantes. L'adolescente considéra un instant la cavité avant de s'y engager. Elle balaya vivement les ténèbres avec sa torche. Le sous-sol empestait la moisissure et le caveau. Au bas des marches s'ouvrait une crypte dans laquelle il fallait se déplacer courbé. La jeune fille fit trois pas. Ce qu'elle aperçut alors la figea sur place. De longs alvéoles avaient été creusés dans les murs, formant des étagères primitives. *Dans ces renfoncements s'entassaient des squelettes…* Pas des squelettes entiers, non, des squelettes en pièces détachées.

Ce fut la première comparaison qui s'imposa à son esprit. *Des pièces détachées.* On avait rangé tous les crânes les uns à côté des autres. Les tibias avaient été rassemblés sur une autre étagère, en vrac. Les vertèbres, elles, se trouvaient alignées dans une troisième niche, comme des roulements à billes. Les ossements avaient été classés… Démontés et classés, comme les morceaux d'une voiture chez un concessionnaire. Ce n'était pas une nécropole, mais un magasin ! Peggy Sue en eut la conviction. Un magasin où l'on avait prévu de se servir si le besoin s'en faisait sentir.

— Hé ! haleta son compagnon à quatre pattes, génial ! un supermarché pour les chiens ! J'en ai l'eau à la bouche !

Dominant sa peur, Peggy s'approcha des niches de pierre. Les ossements étaient anciens, *très anciens*, et elle se demanda si ce n'étaient pas ceux des moines ayant construit le temple. Ils étaient morts de vieillesse, et le médecin mystérieux, au lieu de les inhumer, avait récupéré leurs squelettes au cas où… En prévision d'interventions futures. Il lui sembla toutefois que les crânes n'étaient pas humains. Leur forme avait quelque chose de bizarre : un angle facial trop accentué, des orbites curieusement réduites. Quant aux dents… elles auraient mieux convenu à un crocodile qu'à un homme !

— Ces os appartiennent à des créatures démoniaques, souffla le chien bleu. C'est dommage, je ne

164

pourrai pas les grignoter. Les démons ont toujours mauvais goût et on a du mal à les digérer.

Peggy Sue toussa, suffoquée par la poussière que soulevait le moindre de ses gestes. L'atmosphère à l'intérieur de la crypte était celle d'une champignonnière.

Au fur et à mesure qu'elle avançait, elle levait un brouillard pulvérulent qui mettait une éternité à se dissiper. Tout à coup, elle céda à un début de panique et eut peur de ne plus retrouver l'escalier. Elle avait déjà acquis la certitude que la crypte ne contenait rien de révélateur, si l'on exceptait ces os étranges classés avec un soin maniaque. Ce n'était pas là qu'elle découvrirait la solution de l'énigme. Elle rebroussa chemin en se retenant de courir. La poussière du sol collait à sa peau en sueur, donnant à son visage un aspect terreux. Quand elle émergea du trou, elle haletait comme un plongeur dont les bouteilles d'oxygène sont vides.

— Qu'en penses-tu ? demanda le chien bleu. Tu crois que c'était une fabrique de monstres ? Un hôpital pour démons ? Un cimetière pour dinosaures ?

— Je ne sais pas, avoua l'adolescente. Mais il est évident que ces ossements n'ont rien d'humain. On dirait qu'ils sont là depuis mille ans.

— Si nous voulons découvrir la vérité, marmonna l'animal, il ne nous reste plus qu'à attendre les prodiges de la nuit.

Ils regagnèrent la première salle. Peggy s'agenouilla au chevet de Sebastian. Le garçon dormait toujours, mais les fils à suture fermant ses plaies s'étaient complètement dissous. Quant aux ouvertures pratiquées dans sa chair, elles avaient disparu et il était manifeste qu'aucune cicatrice ne résulterait de ces interventions pourtant gravissimes. À n'en pas douter, le docteur Squelette disposait d'une technique inconnue du corps médical. Une technique qui ne lésait nullement l'épiderme et n'enlaidissait pas ses patients.

Peggy Sue décida de s'organiser pour la nuit. Appuyée à l'un des piliers, elle partagea avec le chien bleu les abricots secs, le chocolat, le fromage en portions et la gourde d'eau tiède trouvés dans le sac à dos de Sebastian.

Tout se jouerait d'ici une heure. Déjà la lumière baissait dans le jardin de ronces. À l'intérieur du dôme, l'ombre se faisait plus dense. Peggy se cala contre la colonne de pierre. Elle devait s'entraîner à rester immobile, comme une statue. Prise d'un doute, elle examina ses mains et explora son visage à tâtons pour s'assurer qu'elle ne souffrait d'aucune coupure.

Pas la moindre goutte de sang, avait dit Jenny.

Elle enfonça les poings dans les poches de sa veste. Ainsi ratatinée sur elle-même, elle se faisait l'illusion de moins trembler. Mais, en réalité, elle crevait de peur.

Le chien bleu, lui, crispa les mâchoires pour empêcher ses dents de claquer.

Pendant que les ténèbres s'épaississaient, Peggy fut plusieurs fois tentée de se relever et de courir jusqu'au mur pour prendre la fuite.

Comme elle avait trop peur, elle alluma la lampe torche, éclairant Sebastian endormi au creux du sac de couchage. Le pinceau jaune accrochait des ombres fantasmagoriques aux objets les plus ordinaire, leur donnant un aspect effrayant. Le moindre caillou semblait tout à coup posséder un affreux petit visage que tordaient mille méchantes grimaces.

Peggy éteignit la lampe.

Elle s'appliqua à respirer lentement afin que son souffle cesse de résonner sous la voûte.

Une heure s'écoula sans que rien se passe, puis, quelque part dans les profondeurs du manoir, un déclic sourd se produisit, comme si un passage secret s'ouvrait dans la muraille.

« Ça vient… », songea Peggy Sue.

— Oui, confirma le chien bleu. *Ça vient.* Ça monte du fond des ténèbres. C'est lourd et ça marche sans prendre aucune précaution.

Peggy crispa les doigts sur le manche de la torche électrique. Aurait-elle seulement le courage de pousser le bouton et de braquer le faisceau de lumière sur le docteur Squelette quand elle le sentirait tout proche ? Elle n'en savait fichtre rien. Peut-être allait-elle demeurer paralysée, grelottante de peur, pendant que la créature fantomatique se déplacerait dans l'obscurité ?

Les pas se rapprochaient, faisant trembler les dalles. Et tout à coup, alors qu'elle se préparait à l'assaut, Peggy entendit un sifflement. Une odeur étrange parvint à ses narines et tout son corps s'engourdit.

Elle jura. *L'anesthésique !* Nom d'une saucisse atomique ! Elle n'y avait pas pensé ! Le chirurgien de la nuit était en train de renouveler l'anesthésie de Sebastian avant de recommencer à travailler sur lui.

La jeune fille voulut se lever pour courir à l'extérieur mais ses jambes pesaient déjà trop lourd et elle ne put que se laisser glisser le long du pilier, au milieu des gravats. Au moment où sa tête toucha le sol, elle dormait déjà.

14

Le médecin des souris

Quand Peggy reprit conscience, elle était étendue sur les dalles, au milieu des sacs à dos renversés. Ses vêtements avaient été fendus à l'aide d'un scalpel – c'est du moins la conclusion à laquelle elle parvint en examinant les coupures des étoffes.

Son premier réflexe fut de palper son corps car elle était terrifiée à l'idée qu'on ait pu l'opérer pendant son sommeil. Elle poussa un soupir de soulagement, elle était intacte ! Le docteur Squelette l'avait auscultée par conscience professionnelle, sans rien trouver qui justifiât une intervention chirurgicale. À côté d'elle, le chien bleu dormait en ronflant. Peggy s'empressa de le rouler sur le dos pour l'examiner.

« Ouf ! souffla-t-elle. On ne lui a rien fait. J'aime mieux ça ! »

Elle se frictionna les épaules. Elle avait froid mais elle était soulagée. L'anesthésie emplissait sa tête de vapeurs qui lui brouillaient les idées. Comme elle était en bonne santé, on ne lui avait administré aucune injection, voilà pourquoi elle avait repris conscience ce matin, à la différence de Sebastian sur lequel le mystérieux médecin avait encore travaillé jusqu'à l'aube.

La jeune fille tenta de se redresser mais retomba sur les fesses car ses jambes n'avaient pas encore recouvré leur vigueur.

La lumière du jour, entrant par une fissure de la voûte, éclairait la rotonde d'une clarté grise. Une souris trottinait sur les dalles, grignotant les débris alimentaires et les miettes de pain mêlés aux cailloux du sol. Peggy eut la certitude qu'il s'agissait de la souris qu'elle avait trouvée endormie sur une pierre, la veille. Celle dont le ventre s'ornait d'une minuscule suture. Si le souriceau avait repris conscience, c'est que le docteur Squelette l'estimait tiré d'affaire. Il n'en allait pas de même pour Sebastian, toujours prisonnier du sac de couchage. Toutefois, les bêtes récupèrent plus vite que les humains, c'est bien connu.

Au deuxième essai, Peggy parvint à se redresser. Le gaz lui avait laissé un goût désagréable dans la bouche. Elle fit quatre pas sur les dalles glacées. Ses vêtements étaient irrécupérables, et par-dessus tout elle enrageait de s'être laissé surprendre par la créature du château noir. Grand guérisseur, homme-médecine ou docteur Squelette, la créature l'avait bel et bien bernée en se faisant précéder d'un nuage de gaz anesthésiant.

Peggy Sue ne pouvait pas rester ainsi sous peine d'attraper un rhume. Il lui fallait trouver d'autres habits au plus vite, car si elle tombait malade en ces lieux, le docteur Squelette viendrait s'occuper d'elle, et elle ne tenait guère à bénéficier de son savoir-faire.

Dans le sac à dos de Sebastian elle dénicha de quoi se vêtir à peu près correctement ; puis elle entreprit de réveiller le chien bleu en lui pinçant l'oreille droite.

— Hein ? quoi ? aboya l'animal. Ça y est, on m'a transformé en saucisse ? Ah ! non... j'ai encore mes pattes !

Il poussa un soupir de soulagement et s'assit sur son derrière.

— Bon sang ! hoqueta-t-il en s'étranglant de rage, cet olibrius a coupé ma cravate ! Je me sens tout nu !

— Ne te plains pas, chuchota Peggy Sue, ça aurait pu être pire. Regarde cette souris. Elle est minuscule, mais il n'a pas hésité à l'opérer.

Les allées et venues du petit rongeur fascinaient Peggy. Le souriceau, nullement effrayé par la présence de ces inconnus, zigzaguait entre les gravats, grignotant avec ardeur. Quand il se redressait sur ses pattes de derrière, on apercevait la tonsure laissée par l'opération sur son abdomen. Toutefois, la cicatrice, elle, avait déjà disparu. Quand les poils auraient repoussé, il ne subsisterait plus aucune trace de l'intervention chirurgicale.

De nouveau, Peggy se demanda ce qu'on s'était senti forcé de réparer à l'intérieur de cette minuscule carcasse. Un cœur défaillant ? Un rein nécrosé ? Que devait-on penser d'une telle conscience professionnelle ?

— Une greffe du cœur sur une souris grise... murmura l'adolescente. Tu imagines un peu ? Une greffe du cœur effectuée dans l'obscurité d'une crypte, sans bloc opératoire et sans appareillage de pointe.

— C'est vrai, approuva le chien bleu. Aucun médecin ne pourrait accomplir un tel prodige de microchirurgie dans des conditions aussi aberrantes.

Mal à l'aise dans ses vêtements trop larges, Peggy alla se pencher sur Sebastian. Certaines cicatrices avaient disparu mais de nouvelles entailles les remplaçaient, comme si le chirurgien des ténèbres fignolait à loisir, en artiste qui prend son temps, retouchant son travail pour aboutir à la perfection absolue. À ce train-là, aurait-il un jour fini de charcuter le pauvre garçon ? On pouvait raisonnablement en douter. Ou bien… Ou bien, ayant résolu les problèmes de santé de l'adolescent, n'essayait-il pas d'*améliorer* ce dernier ? À la façon d'un sculpteur revenant sans cesse sur un modelage de glaise ?

Cette hypothèse effraya Peggy qui s'empressa de toucher le front de Sebastian et de lui prendre le pouls. Il souffrait d'une légère fièvre qui n'avait rien d'alarmant.

— Hé ! grommela le chien bleu en reniflant la main du jeune homme inconscient. Je ne sais pas si j'hallucine, mais j'ai l'impression qu'il est beaucoup plus costaud qu'avant, non ? Je suis prêt à parier mon oreille gauche qu'il n'avait pas tous ces muscles la dernière fois que je l'ai vu en slip de bain sur la plage d'Aqualia. Bizarre, non ? On dirait un superhéros de BD. Terminakazor l'hercule volant, ou l'Abominable Abdomino, le justicier au nombril d'acier.

— Tu as raison, souffla Peggy. Le docteur Squelette est en train de le « renforcer »…

L'adolescente savait qu'il ne fallait pas se réjouir de ces changements. Le docteur Squelette essayait de faire de son mieux, mais ses travaux n'étaient pas durables. Peggy songea au bras reptilien de Fergus le Suédois. Les boyaux neufs implantés dans le corps de Sebastian allaient-ils subir une métamorphose identique ? Comment un adolescent pourrait-il vivre avec un cœur de crocodile ? Cela affecterait-il son comportement ?

« Va-t-il devenir méchant ? se demanda-t-elle. Est-ce qu'il lui prendra l'envie de me mordre ? »

Elle se redressa, l'angoisse la faisait transpirer et elle ne souffrait plus du froid matinal. Elle enrageait de se découvrir impuissante, simple spectatrice de mystères sur lesquels elle n'avait pas prise. À présent, elle avait la certitude que le chirurgien de la nuit se cachait dans le sous-sol du temple, au creux d'une niche secrète. Comment devait-elle s'y prendre pour la localiser ? Ne disposant pas d'un masque à gaz, elle risquait de sombrer dans l'inconscience chaque fois que le docteur Squelette sortirait de son repaire.

L'adolescente décida d'aller faire un tour dans le jardin pour dissiper les miasmes de l'anesthésie qui lui embrumaient la cervelle.

Alors qu'en compagnie du chien bleu elle s'engageait dans le sentier ouvert au milieu des ronces, elle s'immobilisa, frappée de stupeur.

Des momies se tenaient debout sur les socles des anciennes statues défigurées. Des momies couvertes de bandelettes, et dont l'aspect général était celui de grands brûlés emmaillotés de la tête aux pieds dans des pansements stériles.

Tout d'abord, la jeune fille et le chien demeurèrent bouche bée, incapables d'interpréter correctement ce qu'ils voyaient.

— C'est du délire ! jappa l'animal. On a emballé les sculptures dans dix kilomètres de pansement… Ça n'a aucun sens, elles ne sont pas vivantes, ce sont des morceaux de pierre taillée, rien de plus !

— Attends ! souffla Peggy, je crois comprendre. Le docteur Squelette a perdu la tête ! Guérir ce qui est abîmé est devenu chez lui une obsession.

— Tu veux dire qu'il s'est occupé des statues défigurées comme s'il s'agissait d'êtres vivants ayant subi un accident ?

— Oui, il n'est plus capable de faire la différence entre un homme et une sculpture représentant un corps. En découvrant les idoles, il s'est mis dans la tête de soigner leurs « plaies ». C'est complètement fou mais cependant très logique.

— Il déraille un max, oui ! grogna le chien bleu. J'ai dans l'idée qu'il ferait bien de se soigner lui-même avant qu'il ne soit trop tard.

Peggy s'approcha doucement des piédestaux. Les statues couvertes de bandages étaient impressionnantes. Elles évoquaient des momies trop propres, attendant de s'allonger dans leur sarcophage.

174

Bon sang ! Celui qui avait fait ça n'avait plus toute sa tête, c'était sûr !

Peggy leva la main. Une odeur médicamenteuse montait des bandages, comme si on avait étalé de la pommade sur la pierre fracassée. Elle retint un rire nerveux en se représentant les sculptures barbouillées de mercurochrome. La curiosité eut raison de ses réticences. Elle devait voir cela de ses propres yeux ! Du bout des doigts, elle écarta les pansements. À peine eut-elle touché les bandelettes qu'elle poussa un cri de surprise. *C'était tiède...* Chaud comme une chair meurtrie. Et surtout c'était mou. Élastique.

« Je perds la tête, songea-t-elle. Ça ne peut être que du coton... ou des compresses. C'est de la pierre là-dessous. »

Elle écarta l'entrelacement des bandelettes au niveau de la cheville. Ce qu'elle vit lui dressa les cheveux sur la tête et elle dut faire un effort pour ne pas bondir en arrière.

Il y avait de la chair sous les pansements. Une chair tiède et frémissante qui avait servi à colmater les blessures de la pierre. On avait tassé du mastic vivant au fond des crevasses, partout où la sculpture avait été mutilée, et cela palpitait. C'était chaud, en proie à une légère inflammation, comme si la matière luttait pour parvenir à se greffer durablement sur le marbre de la statue !

— C'est... c'est du délire, balbutia le chien bleu, les yeux écarquillés. On dirait... on dirait...

— Une greffe de peau, compléta Peggy.

Elle savait déjà qu'elle venait de toucher de la chair. Si elle avait été plus courageuse, elle aurait désemmailloté la momie.

Elle leva la tête pour scruter les pansements. Est-ce qu'on avait également essayé de remodeler les traits du visage détruit à coups de pioche ? Sûrement. Dans ce cas, quelle figure se cachait à présent sous l'entre-croisement des rouleaux de tissu ? Un visage humain ou... *une tête de crocodile* ?

Qu'espérait donc le docteur Squelette ? Mais sans doute n'avait-il pas de projet précis ? Il soignait instinc-tivement tout ce qui ressemblait à un corps souffrant, sans chercher plus loin.

Le regard de Peggy Sue allait et venait, épiant les momies toujours immobiles au sommet de leur piédestal.

Ça ne pouvait pas marcher, n'est-ce pas ?

Les silhouettes emmaillotées l'effrayaient. Elle avait peur de les voir se mettre à bouger.

C'était bête, bien sûr ! Elle se contraignit à se pen-cher sur des problèmes plus concrets. D'où venait cette chair dont le chirurgien de la nuit usait comme d'un vulgaire mastic ?

— C'est avec ce truc que le docteur Squelette modelait de nouveaux membres sur les amputés au temps du pèlerinage ! comprit-elle soudain. Bien sûr ! Les bras coupés ne repoussaient pas par magie. Il les *fabriquait*, comme on fabrique un bras ou une jambe pour un mannequin de cire !

176

— Tu as raison, approuva le chien bleu. La main de Fergus le Suédois est une simple prothèse… *mais une prothèse vivante !* On n'a jamais vu ça.

— Ça ne tiendra pas, fit Peggy Sue en fixant les pansements des statues. Ça va se gâter. Demain ce sera tombé… Ça ne peut pas prendre, c'est impossible !

— J'en suis moins sûr que toi, marmonna sinistrement le chien bleu. Nous sommes en présence d'une science qui nous dépasse.

Les deux amis s'éloignèrent des idoles emmaillotées pour faire quelques pas sur le sentier bordé de ronces.

— Voilà donc comment Fergus le Suédois s'est vu offrir un nouveau bras ! répéta Peggy. Voilà d'où viennent les mains, les nez des animaux du village lilliputien. Quelque part à l'intérieur des ruines, il y a une réserve de chair en vrac capable de se greffer sur n'importe quel support, vivant ou inanimé. Une chair d'une vitalité magique.

— Oui, confirma le chien bleu. Ça répare n'importe quoi, n'importe qui : les hommes, les souris, les statues… c'est universel ! Un fameux produit de bricolage !

Peggy se sentait dépassée par les événements. Pouvait-on encore sauver Sebastian des manigances du docteur Squelette ? Remettre de l'ordre dans son anatomie bouleversée ? Non, sans doute était-il trop tard. Et comment expliquer cela aux chirurgiens d'un centre médical, hein ? Comment leur dire : « Écoutez, mon petit copain s'est fait refiler des organes pas vraiment humains, ça m'embête. Pourriez-vous jeter un coup d'œil à l'intérieur de son corps pour vous assurer que tout va bien ? Ce serait sympa, ça l'empêcherait de se métamorphoser en crocodile. »

Au centre de la rotonde la souris gambadait toujours, pleine d'un insatiable appétit. Elle faisait plaisir à voir. Comme faisait plaisir à voir le corps brun de Sebastian dont les muscles se développaient d'heure en heure.

— Faudrait que ça s'arrête, commenta le chien bleu. Ça suffit comme ça. Je suis certain qu'il peut déjà soulever un autobus dans chaque main. À côté de lui Superman aura bientôt l'air d'une mauviette !

Alors qu'elle faisait le tour de la salle, Peggy remarqua un pansement collé sur la paroi, là où s'étirait le tracé d'une crevasse. C'était un grand carré de sparadrap rose qui mesurait trente centimètres de côté. L'adolescente le saisit par le coin supérieur gauche, et l'arracha d'un coup sec.

La fissure avait été soigneusement colmatée à l'aide de l'enduit vivant dont on s'était servi pour soigner les statues du jardin.

— Cette fois le doute n'est plus permis, chuchota l'adolescente. Le docteur Squelette traite sans distinction tout ce qu'il assimile à une plaie : trou, fissure, lézarde de la maçonnerie. Tout se passe comme s'il analysait incorrectement les choses qui l'entourent.

178

— Il a commencé par soigner les gens, fit le chien bleu. Puis son esprit s'est déréglé. Aujourd'hui il n'arrive plus à reconnaître ce qui est vivant et ce qui ne l'est pas... Nous avons affaire à un médecin fou.

Jusqu'où irait son dérèglement ? Les deux amis n'en savaient rien, mais la technologie dont disposait le mystérieux docteur les laissait anéantis. Peggy regarda la souris grignoter une miette de pain à ses pieds. Elle paraissait étrangement insouciante, ne pensant qu'à satisfaire son appétit.

15

La promenade des poupées

Le soir même, Peggy et le chien bleu eurent recours à une ruse pour tenter de surprendre le docteur Squelette au cours de sa visite nocturne. Quand la nuit commença à recouvrir le jardin, ils sortirent du bâtiment et s'embusquèrent derrière l'un des piédestaux. Ils espéraient ainsi échapper au nuage de gaz anesthésiant qui précédait d'une minute l'arrivée du chirurgien des ténèbres.

Hélas, la tentative échoua. À peine s'étaient-ils accroupis derrière le socle de pierre qu'ils sentirent leurs paupières se fermer toutes seules. Le médecin n'avait eu aucune peine à localiser la présence de ces intrus encore éveillés, et il avait aussitôt expédié un jet de gaz en direction du jardin. Peggy Sue, titubant, les mains sur la bouche, réalisa dans un début de panique qu'elle risquait fort de se blesser si elle perdait connaissance au milieu des ronces.

Elle se raccrocha au piédestal, refusant de s'effondrer. Sous ses semelles, elle sentait craquer les redoutables épines. Si elle tombait maintenant elle se blesserait aux mains, aux genoux, et son sang s'échapperait par ces coupures… Elle utilisa ses dernières secondes de lucidité pour glisser le chien bleu sous son bras et franchir les trois mètres qui la séparaient d'une pierre plate sur laquelle elle se coucha. Ses membres ne lui obéissaient plus, ses yeux ne distinguaient que des formes mouvantes, en cours de dissolution.

Comme la veille, elle s'endormit au moment où les pas du maître chirurgien ébranlaient les dalles de la rotonde. À l'instant où elle perdait conscience, elle crut apercevoir une silhouette géante s'avançant au milieu des ruines. Un homme casqué, revêtu d'une armure, tel un chevalier du Moyen Âge. Puis ses paupières se fermèrent.

Quand elle s'éveilla, le lendemain, elle était étendue sur la pierre comme pour un sacrifice aztèque. On avait de nouveau découpé ses vêtements au scalpel pour l'examiner à loisir. Même ses chaussures avaient été sectionnées dans le sens de la longueur. Au cours de ces travaux de dépeçage la redoutable lame n'avait jamais entamé sa peau, ce qui témoignait d'une incroyable dextérité manuelle. Elle pesta contre ce cérémonial qui la laissait nue, dans l'incapacité de traverser le jardin sans s'entailler la plante des pieds. Récupérant les moitiés de soulier, elle les réemboîta et les fit tenir autour de ses orteils en les entortillant dans des lambeaux de tissu prélevés sur sa chemise. C'était à peu près aussi facile que de réunir les deux parties d'une coquille de noix au moyen d'une ficelle, mais elle parvint à se protéger convenablement des ronces hérissant le sentier. Le chien bleu somnolant dans ses bras, elle s'avança vers le dôme, les pieds enfermés dans les étuis bizarres qui lui tenaient maintenant lieu de chaussures.

« Avant de m'endormir j'ai vu quelque chose, se dit-elle. Un chevalier en armure… comme dans le rêve prémonitoire que j'ai fait dans le train, avant d'arriver à Ysengrin. »

Elle grelottait dans la rosée du matin et craignait d'avoir pris froid. La tête lourde, elle entra dans le château avec l'espoir d'y dénicher de quoi se couvrir. Comme elle passait près d'un arbre mort, elle se figea. Le tronc était fendu et les branches qui, la veille encore, n'étaient que des bâtons desséchés, portaient à présent des feuilles. Pas de vraies feuilles, non, des feuilles roses, charnues, qu'on avait modelées dans cette chair étrange à partir de laquelle le docteur Mystère accomplissait ses miracles habituels.

Les bras serrés autour du chien bleu, Peggy fit le tour de l'arbre. C'était un chêne énorme au tronc évidé, et qu'aucune sève n'irriguait plus depuis cinquante ans. Le chirurgien de la nuit n'avait pas supporté ce spectacle désolant et lui avait greffé des feuilles. Des feuilles de chair tièdes, douces comme des petites mains de lutin. Très mignonnes.

À l'intérieur du bâtiment, une autre surprise l'attendait. Cette fois le médecin s'était attaqué aux piliers soutenant le dôme, ces piliers que de longues crevasses sillonnaient de haut en bas. Il avait planté des broches dans la pierre lézardée, comme les chirurgiens le font d'ordinaire lorsqu'ils consolident les os brisés. De longues vis brillantes façonnées dans un métal que Peggy ne put identifier. Dans l'interstice des lézardes, on avait tassé de la chair artificielle pour colmater les brèches et renforcer l'ensemble.

« Bon sang ! explosa mentalement Peggy. Pourquoi pas des attelles et des béquilles pendant qu'il y était ? »

Le docteur Squelette prenait-il les piliers du château pour les tibias d'un skieur maladroit ?

Elle était atterrée par le décalage qui existait entre la prouesse technologique accomplie et l'aveuglement imbécile qui semblait caractériser les entreprises du mystérieux médecin. Agissait-il sans souci de logique, au gré de ses hallucinations, ou bien existait-il derrière ces aberrations apparentes *un plan secret* dont Peggy ne percevait pas encore les tenants et les aboutissants ?

Inquiète, elle s'habilla de bric et de broc avec ce qu'elle put dénicher dans le sac à dos de Sebastian ; hélas, la réserve s'épuisait, la prochaine fois elle en serait réduite à se tresser un pagne avec les feuilles roses du dehors !

En attendant que le chien bleu se réveille, elle entreprit de se restaurer.

Sur le sol, dans les gravats, *la souris avait commencé à se transformer*. Ses poils étaient tombés, et de fines écailles les remplaçaient. Elle avait abandonné la posture à quatre pattes pour se redresser sur ses membres postérieurs et marchait tel un lézard des sables. Elle n'avait plus grand-chose en commun avec le mignon rongeur qu'elle était encore deux jours auparavant. Sans doute les organes greffés par le docteur Squelette orchestraient-ils cette métamorphose ? Il allait se passer la même chose pour Sebastian. Ce n'était qu'une question de temps. On l'avait guéri de la malédiction du sable, soit, mais cette guérison allait faire de lui un monstre.

Peggy se sentit sur le point de fondre en larmes. Elle commençait à craquer. D'ailleurs, elle désespérait de surprendre le chirurgien de la nuit en plein travail. Plus elle attendait, plus elle courait le risque de faire elle-même les frais d'une opération. Tôt ou tard elle glisserait sur un éboulis, se blesserait. Une pierre se détacherait de la voûte et lui ouvrirait la tête, faisant d'elle une patiente idéale…

Or elle n'avait aucune envie de poursuivre son existence avec un cerveau de crocodile au fond du crâne !

Ne tenant pas en place, la jeune fille se mit à faire la navette entre les ruines et le jardin. Chaque fois qu'elle passait devant les statues emmaillotées de bandages, elle grimaçait.

La chair continuait-elle à progresser sous les pansements, recouvrant peu à peu les sculptures défigurées ? Probablement, car il y avait en elle une vitalité capable de triompher des pires blessures. L'adolescente sourit en songeant à ces colles miraculeuses vantées par la publicité. Des colles en mesure de ressouder les miettes éparses de n'importe quel objet brisé. La chair rose utilisée par le docteur Squelette était à l'image de ces glus modernes. Elle réparait tout : les maisons, les animaux, les hommes, les arbres, la chair, le bois, la pierre ! C'était un baume universel qui venait à bout de n'importe quelle cassure.

L'adolescente s'approcha des idoles couvertes de pansements. Malgré sa répugnance, elle se força à les toucher. Son index détecta sous les bandelettes la présence d'une surface molle et tiède. *La chair avait continué à pousser, enveloppant les statues d'un costume de peau !*

Qu'allait-il se passer maintenant ? Cette viande absurde allait-elle mourir ? Il fallait l'espérer.

Peggy avait hâte de lever le camp. Trois fois dans la journée, elle ausculta Sebastian pour s'assurer qu'il allait bien. Les transformations physiques du garçon se voyaient à l'œil nu. Il avait l'air, à présent, d'un jeune guerrier barbare ; il ne lui manquait que le casque et le glaive ! La souris, elle, paraissait beaucoup plus rapide qu'avant son opération.

— Cette bestiole m'inquiète, grommela le chien bleu. On dirait un dinosaure miniaturisé. D'ici qu'elle se mette en tête de nous attaquer…

Peggy allait répondre quand des craquements en provenance de l'extérieur détournèrent son attention.

— Oh ! gémit-elle, je n'aime pas ça, je crois qu'il faut se préparer à quelque chose d'effrayant.

Elle avait vu juste. Sur leurs piédestaux, les momies se convulsionnaient dans leurs bandages. L'enveloppe de chair qui les recouvrait de la tête aux pieds avait fait craquer la pierre au niveau des coudes, des genoux, donnant à ces corps inertes des articulations rudimentaires leur permettant de bouger.

Peggy Sue et le chien bleu, les yeux écarquillés, les regardaient s'agiter en vain. C'était comme une danse grotesque qu'on aurait dû exécuter en conservant les deux pieds collés au sol.

À force de gigoter, les idoles avaient rompu les bandages dont elles étaient enveloppées. Des visages nus se dégageaient des pansements, anonymes, sans yeux, sans bouche ni oreilles, car la chair rose s'était contentée de recouvrir les sculptures comme l'aurait fait une pellicule de caoutchouc. Ce n'était qu'un costume de peau enfermant un bonhomme de pierre, mais un costume d'une incroyable puissance, capable de contraindre le marbre à lui obéir. Les statues s'étaient muées en de grandes poupées vivantes qui ne pouvaient ni voir, ni parler, ni entendre.

— C'est la peau artificielle qui les force à bouger, haleta le chien bleu. Elle commande aux statues !

— Tu as raison, souffla Peggy Sue. Elles s'impatientent sur leurs socles. Elles veulent en descendre, elles veulent marcher !

Habitées par une énergie qui tolérait mal l'immobilité, les sculptures continuaient à s'agiter, redoublant d'efforts.

Peggy avait d'abord pensé que les costumes de peau se déchireraient sous le poids de leur contenu, mais il n'en fut rien. La viande rose résistait, se contractait, commandait à la pierre. Si on l'avait soumise à l'analyse, on aurait été stupéfié par les capacités de survie de ce tissu rudimentaire. Cela vivait avec un entêtement, une obstination d'organisme primitif que n'affaiblit aucun état d'âme.

Il y eut un craquement. L'un des piédestaux se fendit, et la première idole arracha ses pieds du socle. Libre, elle sauta lourdement sur le sol, les bras tendus à l'horizontale, cherchant à assurer son équilibre et à s'orienter.

Peggy recula, terrifiée à l'idée que ces mains puissent se poser sur son visage.

La statue vivante n'avait pas l'air méchant, en fait elle avait l'apparence d'une poupée géante mal modelée. Ses mains n'avaient pas de doigts et ressemblaient plutôt à des moufles de caoutchouc. C'était un être inachevé, pataud, qui titubait dans le jardin, se cognant aux arbres. Pour un peu, on aurait eu pitié de lui.

— Oh ! gémit le chien bleu, je n'aime pas ça. Je n'aime pas ça du tout !

— J'ai la même impression, murmura Peggy. Je crois que nous allons en voir de toutes les couleurs.

Dans le quart d'heure qui suivit, dix autres statues s'arrachèrent de leur socle et mirent pied à terre. Elles constituaient une troupe aveugle et tâtonnante qui déambulait au hasard, se heurtant les unes les autres comme des hommes ivres. Parfois elles tombaient sur les fesses et gigotaient piteusement pour essayer de se relever.

Peggy et le chien bleu jugèrent plus prudent de se mettre à l'abri, ils ne tenaient pas à se retrouver coincés entre ces pantins mal fichus qui pesaient chacun quatre cents kilos ! Fascinés, ils demeurèrent néanmoins embusqués à l'entrée des ruines, observant le manège des idoles. Certaines s'étaient égarées dans les broussailles et se débattaient, la chair lacérée par les épines.

— Tu as vu ? lança Peggy au chien bleu. Elles ne saignent pas. La viande qui les recouvre ne semble pas contenir de vaisseaux sanguins.

— Exact, fit l'animal. Je pense que c'est une espèce d'organisme régi par des informations génétiques de base dont le seul mot d'ordre est : survivre.

Deux statues étaient restées prisonnières de leur piédestal. Elles bougeaient avec moins de vigueur que les autres, et leur chair s'était déchirée à la hauteur des genoux. Il y avait fort à parier que le docteur viendrait les soigner dès la tombée de la nuit. En attendant, la promenade chaotique des pantins rosâtres rendait l'accès au jardin impossible. À tout moment on risquait de se faire bousculer par ces colosses au visage anonyme, dont chaque heurt avait la violence d'une collision automobile.

Peu à peu, les idoles adoptèrent une démarche plus prudente, sans cesser toutefois d'ébranler le sol à chaque pas. Elles avaient fini par comprendre que les ronces représentaient un danger et restaient massées dans l'allée centrale.

Peggy Sue craignait qu'il ne leur prenne l'idée de se diriger vers les ruines. Elle songea à Sebastian, inconscient, allongé sur les dalles. Que lui arriverait-il si les pantins pataude envahissaient la salle ?

— *Ils le piétineront !* lui répondit mentalement le chien bleu. Tu as vu leurs pieds ?

Gagnée par l'affolement, Peggy saisit le sac de couchage contenant Sebastian et le traîna sur les dalles pour sortir le garçon du passage. Puis elle se chercha une arme – bâton ou tige de fer – avec laquelle elle pourrait repousser les poupées de marbre si celles-ci faisaient mine d'approcher.

Pendant un moment les statues tournèrent en rond, explorant le jardin, tâtonnant le long du mur. Toutefois, cela ne dura pas ! Comme Peggy le craignait, elles entrèrent bientôt dans la bâtisse à la queue leu leu, et leur déambulation fit trembler le dallage disjoint.

Dès qu'elles s'approchèrent de Sebastian, l'adolescente les frappa avec son bâton. Les pantins se cognaient aux murailles et aux piliers avec des bruits de bélier heurtant la porte d'un château fort.

— Elles vont piétiner Sebastian ! hurla Peggy en se précipitant vers le sac de couchage où le jeune malade continuait à dormir. Aide-moi à le déplacer.

Le chien bleu accourut et planta ses dents dans le nylon du duvet. Il avait beaucoup de force dans les mâchoires et parvint sans trop de mal à faire glisser le corps inanimé sur le sol.

Les pieds des statues frôlèrent dix fois le visage du garçon. Ils frappaient les dalles avec la puissance d'un gros marteau. Si l'un d'entre eux avait touché le jeune homme à la tête, sa boîte crânienne aurait explosé comme un œuf.

Peggy frappait les idoles à tour de bras, les repoussant vers l'extérieur. Pendant ce temps, le chien bleu traînait le sac de couchage de droite et de gauche, à la seule force des mâchoires, pour le mettre en sécurité.

Boum! boum! boum! faisait le piétinement des sculptures vivantes. *Boum! boum! boum!...* Peggy craignait que ces vibrations ne finissent par ébranler les piliers déjà mal en point, provoquant l'écroulement de la coupole.

Elle aurait voulu faire sortir les pantins, ou les pousser plus avant à l'intérieur du bâtiment, là où ils ne risqueraient plus d'écraser quelqu'un.

Elle espérait qu'une fois arrivées dans la dernière salle, les statues somnambules culbuteraient dans l'escalier menant à la crypte souterraine et ne parviendraient pas à se remettre debout.

Peggy était abasourdie par la résistance de la chair qui les enveloppait. Elle se demanda si l'étincelle de vie animant la peau artificielle était capable de s'adapter à n'importe quelle structure.

— Évidemment ! lui répondit le chien bleu. Si ça peut faire marcher une statue, ça peut faire rouler une automobile !

— Bien sûr, suis-je bête, songea Peggy Sue. Ça pourrait faire bouger n'importe quoi. Tout ce dont ce truc a besoin, c'est d'une armature.

— Exact ! confirma le chien bleu. Il lui faut une charpente. La peau ne prolifère qu'à condition d'être déposée sur un bon support.

Quand les idoles eurent enfin quitté la salle, Peggy examina Sebastian. Par bonheur, les secousses auxquelles il avait été soumis n'avaient pas rouvert ses blessures. Il dormait toujours, d'un sommeil obstiné.

— Nous l'avons échappé belle, soupira le chien bleu. J'ai bien cru que les statues allaient lui marcher dessus et le réduire en miettes.

Les bonshommes rosâtres poursuivaient leur promenade vers le fond du bâtiment ; avec un peu de chance ils tomberaient dans l'escalier menant à la crypte et ne pourraient plus remonter.

« Bon débarras ! » songea Peggy en caressant le front brûlant de Sebastian. Elle le trouvait encore plus mignon qu'à l'accoutumée. Incapable de résister, elle se pencha pour déposer un baiser sur sa bouche fiévreuse.

Elle eut l'impression qu'il frissonnait.

« Comme je voudrais que tu n'aies jamais mis les pieds ici ! se dit-elle. Quelle idée de vouloir redevenir normal, ça ne me gênait pas que tu sois fait de sable… »

— Viens dans le jardin, lança brusquement le chien bleu. Je veux que tu examines quelque chose.

Peggy se détacha à regret de Sebastian et suivit l'animal.

Dehors, les métamorphoses avaient poursuivi leur évolution avec entêtement. Les feuilles de chair que le docteur Squelette avait accrochées aux branches des arbres morts avaient proliféré comme des milliers de petites mains s'apprêtant à applaudir. Une peau douce et tiède enveloppait maintenant les troncs centenaires desséchés.

— Même les arbres s'y mettent, grommela le chien.

— C'est logique, fit Peggy Sue, une fois de plus la peau artificielle a confondu la forme de l'arbre avec celle d'un squelette, aussitôt elle s'est donné pour mission d'habiller au plus vite cette charpente dénudée. Elle fait son travail, c'est tout.

La jeune fille grimaça. Une fois recouverts de peau, les arbres géants allaient-ils faire comme les statues : sortir leurs racines du sol et se mettre à déambuler en tâtonnant ?

Elle comprit tout à coup pourquoi les moines avaient désassemblé les squelettes de leurs congénères défunts, en bas, dans la crypte, éparpillant tous les os.

« C'est parce qu'ils ne voulaient pas que la peau artificielle s'empare de leurs ossements, se dit-elle. La chair se serait empressée de les recouvrir pour les contraindre à se relever, or ils n'avaient qu'un désir : reposer en paix ! »

— Il est grand temps que nous fichions le camp, jappa le chien bleu. Nous ne sommes pas assez forts pour vaincre le démon qui vit en ces murs.

Comme Peggy s'éloignait à reculons, les yeux fixés sur le jardin en folie, une main se posa soudain sur son épaule, la faisant hurler de terreur. L'espace d'une seconde, elle crut qu'une statue venait de l'empoigner.

— Jenny ! C'est toi ! balbutia-t-elle en se retournant.

C'était bien la jeune paysanne. Elle avait franchi le mur au moyen d'une corde et d'un grappin.

— J'avais honte de t'avoir laissée partir toute seule, dit la rouquine en se jetant dans les bras de Peggy Sue. Que s'est-il passé ? Tu as une tête à faire peur.

Peggy la serra contre elle. La présence de l'adolescente lui faisait un bien immense. En phrases décousues, elle lui conta les événements des derniers jours.

— Pour l'instant, il faut mettre ton copain en lieu sûr et sortir de là, décida Jenny. Nous reviendrons mieux équipées. Viens.

Les deux filles regagnèrent le bâtiment. Elles se saisirent du sac de couchage contenant Sebastian comme s'il s'agissait d'une civière et le déposèrent doucement au sommet d'une montagne de gravats, là où les statues ne risquaient pas de le piétiner.

— Le mieux, ce serait de le sortir d'ici une fois pour toutes, suggéra Jenny.

— Non, c'est trop tôt, protesta Peggy. S'il n'a pas repris conscience ça signifie que le docteur Squelette n'a pas fini de travailler sur lui. En l'emmenant prématurément, on l'obligerait à vivre avec des organes incomplets… On ne peut pas prendre ce risque. Il faut attendre la dernière intervention.

Jenny fit la moue. Peggy devina qu'elle pensait : « Qu'est-ce que ça change puisque, de toute manière, ton petit ami va se transformer en crocodile ? »

Elle n'eut pas le temps de répliquer, déjà la jeune paysanne l'avait saisie par la main et l'entraînait vers la muraille d'enceinte.

Peggy se laissa faire. Au vrai, elle n'était pas fâchée de s'échapper de cet enfer avant que les arbres se mettent à marcher. Elle n'aurait pas supporté qu'ils lui explorent le visage du bout de leurs brindilles changées en d'interminables doigts grêles.

— Je vais rester, lui cria le chien bleu. Ne t'en fais pas, je veillerai sur Sebastian. S'il y a du danger je te préviendrai par télépathie. Va chercher des provisions, je meurs de faim et de soif.

Les adolescentes franchirent le mur en hâte au moyen de la corde à nœuds apportée par Jenny et se retrouvèrent de l'autre côté, sur la lande grise.

Peggy s'aperçut qu'elle ne pouvait plus s'empêcher de parler, les mots coulaient de sa bouche en un flot ininterrompu.

« Les nerfs », pensa-t-elle.

— Tu comprends, expliqua-t-elle à Jennifer, c'est comme si le guérisseur avait horreur de la mort…

Comme s'il mettait un point d'honneur à faire bouger tout ce qui est inanimé. C'est une sorte d'idée fixe chez lui.

Jenny hochait la tête en l'écoutant.

Quand elles arrivèrent au cimetière de voitures, la jeune paysanne débarrassa Peggy de ses hardes, la frictionna pour la réchauffer et lui fit boire du café brûlant. Elle ne paraissait nullement désarçonnée par ce qu'elle venait d'apprendre.

— Écoute, dit-elle en couvrant de marmelade de grosses tartines qu'elle passait ensuite à Peggy, il y a peut-être un moyen d'échapper au gaz. C'est ce que tu veux, hein ? Rester éveillée pour surprendre le docteur Squelette ?

— Oui, confirma Peggy Sue. Il faut que je sache ce qui se passe là-bas.

— Mon père a travaillé pour l'industrie chimique, expliqua Jenny. Il vaporisait des saletés sur les forêts à déboiser, là-bas en Amazonie. On lui faisait porter des masques à gaz pour ne pas souffrir des effets du produit. Il les a conservés. Il y en a trois ou quatre dans un coffre à outils. Tu crois que ça marcherait ?

— On peut essayer, répondit Peggy. De toute manière, c'est notre seule chance de ne pas nous endormir à la première bouffée d'anesthésique.

— Mais pourquoi tiens-tu tellement à savoir ? interrogea Jenny. Tu n'as qu'à récupérer ton petit ami après la dernière intervention et ne plus t'occuper de ce qui se passe de l'autre côté du mur.

— Non, murmura Peggy. On ne peut pas se contenter de ça. Je crois que quelque chose est en train de se dérégler là-bas… Un dérèglement qui va en empirant. Tu vois ce que je veux dire ? Au début, le docteur Squelette ne s'en prenait qu'aux êtres vivants – les hommes ou les animaux –, maintenant il s'attaque à la pierre, aux arbres. Je crois qu'un grand bouleversement se prépare. Quelque chose de terrible, et qu'il faut essayer d'arrêter avant qu'il ne soit trop tard.

Jenny l'écoutait, une expression d'attention extrême sur le visage.

— Tu as sans doute raison, admit-elle. Allons voir ces masques.

16

Les naufragés du château noir

Les jeunes filles sélectionnèrent deux masques respiratoires qui paraissaient en moins mauvais état que les autres ; toutefois Peggy ne disposait d'aucun moyen pour déterminer si les pastilles des filtres étaient encore actives.

— On verra bien, soupira-t-elle avec fatalisme. Dans le pire des cas nous en serons quittes pour piquer du nez.

Elle essayait de prendre un ton léger car, au fur et à mesure que le soleil baissait à l'horizon, la peur s'installait dans les yeux de Jenny. La jeune paysanne mourait de frayeur à l'idée de retourner de l'autre côté du Grand Mur ; pourtant elle faisait des efforts sur elle-même pour se comporter bravement, dans le seul but d'aider cette fille de la ville qu'elle connaissait à peine.

— Tu avais vu juste, lui répéta Peggy pour la rassurer. Si tu n'as aucune blessure, le docteur Squelette ne te touche pas. Mais il faut vraiment faire attention aux ronces. À la moindre coupure, il est capable de te greffer un morceau de peau artificielle en guise de rustine.

Une musette remplie de nourriture en bandoulière, les adolescentes enfourchèrent de vieilles bicyclettes et se lancèrent à travers la lande dans les derniers feux du couchant.

Le château noir se détachait en ombre chinoise sur le ciel rougi. Peggy, qui transpirait en pédalant, fut soudain frappée par la ressemblance qu'offrait le contour des ruines avec une silhouette de dinosaure. Il y avait le dôme et cette tour qui le flanquait. De loin, dans la lumière mourante, on pouvait les prendre aisément pour le dos et le cou d'un saurien des premiers âges de la Terre. Cette forme colossale, dressée à l'horizon, avait quelque chose d'effrayant.

Peggy baissa la tête et marmonna un juron. Était-il bien utile de se faire peur au moment de retourner dans la cage aux fauves ?

Elle sentait le regard inquiet de Jenny s'attacher à ses gestes et s'évertuait à rester calme, telle une super-héroïne de BD qui sait parfaitement ce qu'elle fait, alors qu'en réalité son esprit n'était qu'un grand méli-mélo de peurs tourbillonnantes.

Elles firent un crochet par le village lilliputien car Peggy avait insisté pour qu'on emmenât l'un des spécimens. C'était sur cette bestiole que reposait sa stratégie d'exploration. Les masques à gaz ne suffisaient pas, elle l'avait expliqué à Jenny, car le chirurgien mystérieux avait la manie de vous faire passer une visite médicale chaque fois qu'il vous trouvait sur sa route. Il fallait donc un leurre pour détourner son attention, un appât. Un cochon ferait l'affaire.

Jenny obéit, résignée, et se chargea de capturer l'une des bêtes exilées en lisière du territoire interdit. Ce fut le porcelet au ciré jaune qui fit l'objet de son choix car il était presque apprivoisé, et avait tendance à la suivre sans difficulté. Le cochon ficelé en travers du porte-bagages, elles reprirent leur course.

Elles arrivèrent enfin au pied du mur d'enceinte. Dès qu'elle eut mis pied à terre, Jenny voulut enfiler son masque, mais Peggy l'en dissuada. Le guérisseur qui hantait les ruines ne sortait qu'à la nuit tombée, on disposait donc d'un peu de temps.

Elles empoignèrent le lierre et se hissèrent au sommet de la muraille.

Un spectacle de folie les attendait de l'autre côté. Les arbres centenaires étaient recouverts de chair rose. Ayant arraché leurs racines du sol, ils imitaient les statues et marchaient en aveugles, tâtonnant autour d'eux à l'aide des mille doigts que formaient leurs branches. Chaque brindille enveloppée de chair était devenue un interminable index dépourvu d'ongle. Un index palpitant, qui explorait les contours des ruines avec une étrange délicatesse.

Peggy entendit Jennifer hoqueter de stupeur, et elle eut un peu honte de l'avoir entraînée dans cet univers en folie.

— Ils ne nous feront pas de mal, assura-t-elle. Ils n'ont pas d'yeux, pas de bouche. Dis-toi qu'ils ne sont pas vraiment vivants... Ce sont des objets qui bougent malgré eux, sans savoir ce qu'ils font.

Elle avait saisi la main de Jenny et la serrait. La rouquine hocha la tête et tenta de sourire, mais sa bouche tremblait.

Elles descendirent le cochon au bout d'une corde, puis se laissèrent glisser dans le jardin. Comme la nuit s'installait réellement, cette fois, Peggy coiffa son masque et sortit du sac l'une des cinq lampes électriques rassemblées par Jennifer. Elle eut un nouveau coup d'œil pour la forme générale des ruines, mais, à présent qu'elle se tenait au pied du bâtiment, l'illusion « préhistorique » s'était dissipée. Le monastère ne ressemblait pas plus à un dinosaure qu'un saxophone à un boa constrictor.

— Que fait-on ? interrogea Jenny.

Sa voix sortait étouffée du groin de caoutchouc du masque à gaz. Peggy s'ébroua, elle aspira précautionneusement l'air filtré par la pastille et sa bouche s'emplit peu à peu d'une saveur mêlée de caoutchouc et de produit antimite. C'était écœurant. Prenant Jennifer par la main, elle s'élança vers l'entrée du dôme en évitant les zigzags d'un arbre aveugle. Toutefois, elle dut s'avouer que le spectacle offert par cette caricature d'être vivant tâtonnant le long de la muraille à la recherche d'une sortie inexistante était beaucoup plus triste qu'effrayant.

Les adolescentes pénétrèrent enfin sous le dôme et allumèrent les lampes. Le chien bleu, assis près de

200

Sebastian au sommet du monceau de gravats, les salua d'un aboiement. Rien n'avait changé depuis le matin. Deux statues erraient en se cognant aux piliers, leur chair était couverte d'ecchymoses et elles traînaient les pieds. Peggy Sue se demanda si la peau artificielle qui les enveloppait ne commençait pas à se fatiguer.

Elle décida de disposer son piège sans plus attendre et attacha le cochon au bas d'un pilier, à l'aide de la corde dont elle s'était munie.

— Zut ! murmura-t-elle, il faudrait qu'il saigne.

— S'il n'y a que ça c'est facile, décréta Jenny, et, sortant un canif de sa poche, elle entailla l'oreille droite de la bête.

Le sang gicla sur la pauvre figure mi-humaine mi-porcine de l'animal trafiqué qui se mit à couiner sur une note stridente.

Jenny replia la lame du canif sans se laisser attendrir. Digne fille de la campagne, elle ne s'effarouchait pas d'un rien, comme ses sœurs des grandes villes. Peggy s'en voulait de n'avoir su imaginer un subterfuge moins cruel, mais le docteur Squelette soignerait cette coupure en moins de temps qu'il n'en faut pour le dire.

— On attend là ? s'enquit Jenny.

— Non, gargouilla Peggy au travers du masque. Il faut descendre dans la crypte, c'est en bas que se cache notre mystérieux chirurgien.

— Oh !… *en bas* ? fit Jennifer, peu emballée à la perspective d'une excursion dans les entrailles de l'enfer.

Peggy prit l'initiative et s'enfonça dans les profondeurs des ruines, la torche brandie. Çà et là, titubaient des statues fatiguées par une journée de piétinement. La plupart se tenaient voûtées, les bras le long du corps. Jenny tressaillait chaque fois que le halo de sa lampe se posait sur l'un de ces visages sans yeux ni bouche.

Les jeunes filles descendirent prudemment l'escalier menant à la crypte. Peggy choisit de s'embusquer derrière un pilier et d'éteindre les lampes, mais l'obscurité lui fut très vite insupportable.

Elle n'avait aucune idée de la manière dont les choses allaient tourner. Le chirurgien de la nuit, dès qu'il serait sorti de sa cachette, ne risquait-il pas de leur arracher les masques pour les ausculter ? Dans ce cas, elles succomberaient aussitôt au redoutable pouvoir des vapeurs anesthésiantes. Leur seul espoir de passer entre les mailles du filet reposait sur la blessure infligée au cochon offert en appât. Peggy espérait que ce saignement capterait l'attention du docteur Squelette et leur permettrait d'échapper à sa vigilance professionnelle. C'était une ruse grossière mais elle avait eu beau se creuser la tête, elle n'en avait pas trouvé d'autre. La vieille technique de la chèvre et du tigre.

Il fallait attendre. À l'étage supérieur, le cochon poussait des cris stridents amplifiés par la voûte. Peggy devenait nerveuse. L'immensité de la crypte défiait la puissance de la torche qu'elle rallumait par instants. Pour oublier que leurs jambes tremblaient, les jeunes filles s'étaient accroupies contre le pilier et fouillaient l'obscurité à l'aide du cône lumineux de la lampe. La lueur, trop faible, ne réussissait pas à éclairer le fond de la caverne, et cette masse de ténèbres béait devant elles comme un gouffre formidable.

Seules deux idoles étaient parvenues à ce niveau. Elles sortaient par moments de la nuit, traînant les pieds sans conviction, comme si leur chair fatiguée n'aspirait plus qu'à l'immobilité.

Pour se donner l'illusion de faire quelque chose, Peggy promena le halo de sa torche sur le mur. La présence des pierres entassées en dépit du bon sens réveillait ses angoisses. Elle les fixait avec tant d'ardeur qu'elle eut bientôt l'illusion que le joint de mortier rosâtre les reliant frissonnait.

Frissonnait ?

Peggy battit des paupières, gagnée par la méfiance. *Était-ce vraiment du ciment ?* N'y tenant plus, elle se leva, la main tendue, pour explorer la muraille.

Elle eut un hoquet de surprise. Si les pierres étaient vraies, le joint de maçonnerie, lui, se révéla *vivant*. Elle ne s'était pas trompée. Les blocs entassés tenaient entre eux au moyen d'un lien de chair. On avait utilisé de la peau artificielle en guise de mortier, enchâssant les pierres dans un tissu charnel élastique. Voilà pourquoi les murs ne paraissaient jamais droits ! Au début, elle avait cru à une illusion d'optique, il n'en était rien. Les parois avaient l'air de bouger parce qu'elles bougeaient *réellement* sous l'action de contractions nerveuses. Elles s'ébrouaient pour vaincre l'ankylose qui les gagnait peu à peu.

Peggy recula. Malgré la température très fraîche de la crypte, la sueur ruisselait sur son visage.

C'était fou ! Le chirurgien de la nuit avait restauré les parois, remplaçant le ciment d'origine par la chair artificielle qu'il utilisait dans ses manipulations médicales. Il avait traité les ruines comme il l'aurait fait d'un blessé. Sans aucun doute avait-il « soigné » de la même manière le fameux mur d'enceinte ?

La jeune fille n'eut pas le loisir de réfléchir à cet aspect des choses car, à ce moment précis, la paroi gauche se mit à bouger sous ses yeux. Elle se dilatait sous l'effet d'une forte poussée interne. *Quelque chose se tenait de l'autre côté, appuyant de toutes ses forces sur l'obstacle.* La panique déferla dans l'esprit de Peggy, le temps d'un battement de cœur elle faillit prendre la fuite.

Ce fut la peur, trop vive, qui l'empêcha de bouger et la tint les pieds collés au sol, mais Jenny devina sa frayeur et lui prit la main. Les deux filles se serrèrent l'une contre l'autre, fixant les contractions de la paroi.

La chose emmurée voulait sortir, elle poussait avec impatience. Enfin la muraille se déchira. Une créature impossible émergea de ce trou, un être sombre et complexe qui tenait le milieu entre la mante religieuse et la machine-outil. Il était grand – plus de deux mètres cinquante –, et se composait d'un fouillis de membres articulés pour l'heure repliés sur son abdomen, ce qui lui donnait l'allure d'un mille-pattes retourné sur le dos. Des réseaux de tuyaux, de canalisations, de réservoirs formaient sur ses bras l'équivalent d'une musculature et d'un circuit sanguin. Ses membres se terminaient par des mains, des outils chirurgicaux ou des instruments dont Peggy ne comprenait pas l'utilité. La tête de la créature, elle, était presque exclusivement constituée d'objectifs dont les lentilles étincelaient dans la lumière des lampes. Peggy supposa qu'il s'agissait de microscopes surpuissants ou même de cônes d'émission de rayons X. Des jambes épaisses propulsaient l'androïde qui se révéla, par ailleurs, couvert de rouille. Dans la pénombre de la crypte, on eût dit qu'un gigantesque squelette d'acier venait d'émerger des Enfers.

— Qu'est-ce que c'est ? haleta Jenny en broyant la main de Peggy Sue.

— *Un robot*, s'empressa de répondre celle-ci. Un vieux robot en mauvais état.

Elle était tellement soulagée de ne pas se retrouver en face d'un démon que, pour un peu, elle aurait éclaté de rire et trouvé la situation amusante.

— Un robot, répéta-t-elle tandis qu'un sifflement rageur lui annonçait que la crypte se remplissait d'un gaz anesthésiant projeté par l'androïde.

Les masques allaient-ils réussir à filtrer convenablement le produit ? Pendant dix secondes, Peggy Sue se retint de respirer, puis se décida enfin à inhaler l'air moisi traversant la pastille. Elle n'éprouva aucun malaise, mis à part un début de migraine.

Le robot s'arrêta en cliquetant devant les intruses et certains de ses appendices munis de scalpels commencèrent à se déplier dans l'intention de fendre leurs vêtements. Puis il s'immobilisa tandis que des bourdonnements et des grésillements de courts-circuits montaient des profondeurs de sa poitrine.

« Il a flairé le sang du cochon, pensa Peggy Sue. Il sait déjà qu'un blessé l'attend à l'étage supérieur. Il va s'y intéresser en priorité. »

En effet, l'androïde se détourna des adolescentes et prit en oscillant le chemin de l'escalier. Ses pieds de fer faisaient trembler les marches à chaque pas. Il avançait lentement, et certaines de ses articulations grinçaient lorsqu'il les sollicitait. Peggy et Jenny restèrent immobiles jusqu'à ce qu'il ait disparu par l'ouverture menant au rez-de-chaussée.

— Ce n'est pas vivant ! s'étonna la jeune paysanne. C'est une espèce de… *machine* !

Peggy réalisa soudain que Jennifer ignorait ce qu'était un robot. Elle avait grandi dans une communauté méprisant le monde moderne, sans télévision ni journaux. Jamais elle n'avait suivi la moindre série de science-fiction sur le petit écran. Le mot « robot » n'avait aucune signification pour elle.

Peggy la sentit déçue. Jennifer aurait accepté un magicien, un cousin de Merlin l'Enchanteur, une quelconque fée brandissant sa baguette, mais elle refusait d'admettre qu'à l'origine de tous les prodiges auxquels elle avait assisté ces dernières années se trouvait une machine rouillée qui grinçait en marchant !

Peggy n'avait pas le temps de combler les lacunes de son éducation. Il fallait profiter de l'absence du robot pour déterminer sa provenance. La peur avait fait place en elle à une terrible excitation. Une théorie s'échafaudait déjà dans son esprit. Elle décida de s'engouffrer dans la déchirure du mur. Voilà donc comment le robot chirurgien disparaissait : son travail achevé, il regagnait sa cachette et « recousait » la muraille derrière lui. La prodigieuse vitalité de la peau artificielle assurait une cicatrisation rapide, si bien que toute trace de son passage était effacée au lever du jour.

Peggy balaya les ténèbres avec sa torche. Derrière le mur s'étendait un paysage de ferrailles tordues. Un fouillis de machines broyées, de fuselages pliés en accordéon. Tout un enfer de métal chiffonné.

« Une usine, songea-t-elle. Une usine tombée des nuages et qui se serait aplatie au moment de l'impact… »

Le saccage était tel qu'il se révélait aujourd'hui impossible de reconstituer par l'imagination la forme primitive du vaisseau échoué. *Car c'était là un vaisseau spatial, à n'en pas douter !* Une « soucoupe volante » comme on disait jadis.

— C'est quoi ce foutoir ? interrogea une fois de plus Jenny. On dirait des spaghettis en fer rouillés depuis deux siècles.

Peggy Sue essaya de le lui expliquer, mais Jennifer demeura incrédule, rebelle à l'idée d'un véhicule venu des étoiles. Peggy s'engagea dans le labyrinthe d'acier. Seules certaines coursives étaient encore utilisables, elles ressemblaient à celles d'un sous-marin. Quelques panneaux oxydés portaient des inscriptions rappelant les hiéroglyphes des pyramides égyptiennes.

Peggy Sue avançait prudemment, craignant d'être engloutie par les crevasses qui s'ouvraient dans le sol.

Alors qu'elle regardait entre ses pieds, la lumière de la lampe s'infiltrant dans une fissure lui permit de constater la présence d'un grand nombre de cadavres dix mètres plus bas. Plusieurs centaines de morts, dont les squelettes imbriqués se trouvaient mélangés au fond d'une cale, hors d'atteinte. Ces squelettes étaient ceux d'une race extraterrestre à la morphologie reptilienne. Les dépouilles desséchées paraissaient sanglées dans des armures étranges, cabossées. Des armes en vrac les entouraient. Un monceau de lames ou de lances forgées dans un métal bleuâtre phosphorescent.

— C'était un croiseur de guerre, murmura Peggy penchée au-dessus de la fosse. Des guerriers s'y trouvaient rassemblés pour une expédition de combat. Leur vaisseau est tombé en panne en survolant la Terre… ou bien il a été heurté par une météorite, et s'est écrasé.

— Tu veux dire que les moines du château… haleta Jenny, c'étaient des êtres venus d'une autre planète ?

— Oui, fit Peggy Sue, c'est pour cette raison qu'ils dissimulaient leur visage sous un capuchon. Ils ont construit le château noir sur les décombres de la fusée, puis ils se sont emmurés par prudence, pour que les Terriens ne découvrent jamais leur véritable identité. Ils devaient ressembler à des crocodiles.

Peggy aurait voulu éponger la sueur qui ruisselait sur son front mais le masque de caoutchouc l'en empêchait.

Des extraterrestres naufragés, voilà ce qu'avaient été les moines mystérieux de Châteaunoir. Ils avaient essayé de survivre en secret, d'échapper aux persécutions en se retranchant du monde. C'était la véritable raison du mur d'enceinte. Ils avaient survécu très longtemps, soignés par le robot médecin du vaisseau ; le seul androïde que la collision n'avait pas réduit en miettes. Puis, se sentant mourir, ils avaient pris soin d'effacer leurs traces en défigurant leurs idoles, en grattant les fresques. Ils n'avaient oublié qu'une chose : *le robot chirurgien*, cette machine obstinée qui avait continué son travail après la disparition de ses maîtres, s'adaptant vaille que vaille à une réalité terriblement différente de celle pour laquelle elle avait été fabriquée.

— Le docteur Squelette, expliqua Peggy Sue, est un androïde conçu pour la médecine militaire d'urgence. Un robot destiné à officier sur les champs de bataille et à rafistoler les blessés coûte que coûte. Tu comprends ? On l'a programmé pour cela… Pour guérir des gens, dont la physiologie, l'organisme étaient très différents des nôtres. Alors, il a fait avec les moyens du bord, en improvisant, à partir de données imparfaites, parfois incompréhensibles. Il a tenté de s'adapter et il y a réussi pendant un certain temps, à l'époque où les miracles fonctionnaient à merveille. Puis il s'est déréglé, parce qu'il est vieux lui aussi. Il s'est mis à tout confondre, à voir des plaies là où il y avait de simples fissures de la maçonnerie. Il a commencé à bricoler les animaux parce qu'il n'était plus capable d'établir une distinction entre les différentes races vivant sur la Terre. Comment aurait-il pu ? Il n'avait pas été préparé à cela !

Peggy se tut, à bout de souffle. La tête lui tournait et elle se sentait un peu saoule. Elle mit cet état sur le compte du filtrage imparfait du masque à gaz. Toute peur l'avait désertée, et elle restait là, penchée au-dessus des soutes broyées du vaisseau, essayant d'en sonder les abîmes.

Un cimetière millénaire s'étendait sous ses pieds. Un cimetière auquel personne ne pouvait accéder. Un champ de bataille de corps fracassés, jetés les uns sur les autres. Des squelettes dont la tête évoquait davantage le crâne d'un serpent que celui d'un humain. Mais ces reptiles avaient eu des bras, des jambes, ils avaient porté des armures faites d'un étrange métal bleuté. Dans ce charnier, on distinguait des créatures plus grandes et plus lourdes, aux allures de crocodile. Encore une fois, ces sauriens étaient « vêtus en guerre », comme l'on disait au Moyen Âge, témoignant de la vocation belliqueuse de l'expédition. Le choc de l'impact les avait affreusement mêlés, leur rompant l'échine, les projetant contre les parois métalliques de la soute. Combien étaient-ils ? Le halo trop faible de la torche ne permettait pas de les dénombrer. Aucune odeur désagréable ne montait de cette nécropole antique.

Jenny saisit Peggy Sue par l'épaule et la secoua. Elle paraissait peu sensible à l'aspect grandiose de la découverte et n'aspirait qu'à quitter le souterrain au plus vite. Peggy s'arracha à regret à sa contemplation.

Elle aurait voulu graver dans sa mémoire chaque détail de cette formidable machine qui avait traversé l'espace. Elle qui avait lu tant de romans de science-fiction, voilà qu'il lui était donné de toucher du doigt la matière même de ses rêves !

Elle se releva. Le sol de la coursive était très incliné, et les deux filles durent s'agripper aux poutrelles tordues pour continuer à descendre. Il leur apparut très vite qu'elles ne pourraient visiter l'épave tant le choc l'avait changée en un accordéon de fer. La soucoupe, le vaisseau, la... fusée (?) s'était fichée en diagonale dans le sol de la lande telle la pointe d'une énorme flèche. La secousse avait dû être effroyable, et c'était un miracle qu'une douzaine de voyageurs (les moines) aient pu survivre.

Les torches pâlissaient déjà ; les adolescentes durent en changer. Jenny donnait des signes d'impatience. Elle avait cru en l'existence d'un dieu caché, les créatures d'outre-étoile ne l'intéressaient pas.

Les deux filles finirent par dénicher l'antre du robot médecin. Une rotonde aux murs tapissés d'étagères. Sur ces rayonnages s'entassaient des milliers d'outils chirurgicaux. Un énorme réservoir translucide occupait le centre de la pièce. Il contenait plusieurs hectolitres d'une matière rose, liquide, dont la surface frissonnait comme l'eau d'une mare sous la caresse du vent.

— *C'est de la chair !* siffla Peggy. La peau artificielle... Voilà d'où elle provient. C'est ici que le robot vient faire le plein avant de partir en opération. Ensuite, dès qu'elle est à l'air libre, elle se met à pousser toute seule, à proliférer.

Elle écarquilla les yeux et nettoya la vitre de son masque pour mieux examiner cette substance formidable avec laquelle les hommes de l'espace réparaient leurs blessures. Il s'agissait bel et bien d'un ciment organique capable de suturer n'importe quelle plaie, une pâte vivante qu'on modelait comme de l'argile et qui permettait de concevoir des prothèses mille fois plus élaborées que toutes celles fabriquées sur la Terre. On pouvait avoir les jambes et les bras arrachés, les tripes sur les genoux, les poumons crevés, rien n'était grave tant qu'on avait de la chair artificielle en réserve. Voilà à quoi servait le robot chirurgien : à rafistoler les moribonds, les mutilés… et à les rendre opérationnels le plus vite possible, de manière qu'on puisse les renvoyer sans délai sur le champ de bataille.

Un robinet gouttait au bas du réservoir. Les gouttes, en s'accumulant, avaient fini par donner naissance à une petite flaque de chair informe, sans squelette, et qui vivait pourtant d'une vie larvaire. Peggy Sue se baissa pour la toucher du doigt. C'était tiède et lisse comme une peau de bébé, ça frissonnait.

— Viens ! dit Jenny. Fichons le camp.

Les adolescentes se rabattirent vers la sortie, peinant pour gravir la pente inclinée de la coursive.

Au bout du chemin, elles retrouvèrent le mur béant, et s'engagèrent dans le passage ouvert par l'androïde.

— Et maintenant, demanda Jenny, qu'est-ce qu'on fait ?

— Nous reviendrons avec un camion, décida Peggy, pour évacuer Sebastian. Ensuite il faudrait neutraliser le robot… L'empêcher de sortir pour réparer les gens contre leur volonté.

Elles quittèrent la crypte. À l'étage supérieur, les deux malades – Sebastian et le cochon à l'oreille entaillée – avaient déjà été « traités » par le robot. Le chien bleu dormait, foudroyé par le gaz anesthésiant, mais on ne l'avait pas touché.

Peggy Sue se pencha sur les malades. Sebastian ne présentait plus aucune cicatrice, comme si un chirurgien esthétique s'était donné le mal de les effacer une à une. L'oreille du cochon avait été recousue. Dans deux heures, elle serait comme neuve.

L'androïde travaillait vite, on l'avait programmé dans ce but. Il savait être partout à la fois, suturant les plaies des blessés et celles de la maçonnerie.

Peggy fit courir la lumière de la lampe sur les murs. Une fois de plus, les jointures entre les pierres avaient été comblées avec de la chair plastifiée. Elle savait à présent de façon certaine que le robot ne leur voulait pas de mal, pourtant elle ne parvenait pas à se défaire d'une sensation de danger imminent… Ce n'était qu'une intuition tremblotant telle la flamme d'une bougie à la lisière de sa conscience, et cette lumière fragile essayait de lui envoyer des signaux qu'elle ne comprenait pas. Mais la menace était là, partout, terrible. Jenny s'agitait, lui signifiant de se presser. Après un dernier regard à Sebastian, elle prit le chien bleu sous son bras et se détourna, le cœur serré. Quand les greffes commenceraient-elles à perdre l'apparence humaine qu'on avait essayé de leur donner ? En termes plus directs : *quand le pauvre Sebastian deviendrait-il un monstre ?*

Car c'était de cette manière que les choses finiraient, n'est-ce pas ? Le robot chirurgien avait beau faire des efforts, on en revenait toujours là : la chair de remplacement mal adaptée à la physiologie humaine reprenait son aspect premier au bout d'un certain temps, c'est-à-dire celui d'une peau conçue à l'origine pour un peuple de reptiles.

« Je vais le sortir de là, décida l'adolescente, puis je le montrerai à Granny Katy. Elle est sorcière, après tout. Elle saura bien imaginer quelque chose pour empêcher la métamorphose. »

Peggy Sue rejoignit Jenny qui trépignait au seuil des ruines. Dans le jardin de ronces, les arbres vivants continuaient à déambuler tristement, explorant les contours du bâtiment du bout de leurs mille doigts grêles.

— Regarde ! dit Jenny. Ta… *machine*, elle est partie se promener sur la plaine.

Elle désignait le mur d'enceinte que le robot avait déchiré pour quitter le sanctuaire. Un passage béant s'ouvrait au milieu de la maçonnerie, une blessure qui serait recousue à l'aube, quand l'unité chirurgicale réintégrerait sa cachette.

« C'est donc ainsi que le docteur Squelette se faufile hors du château à la nuit tombée, songea Peggy Sue. Il n'a nullement besoin d'une porte puisque la muraille s'ouvre d'elle-même pour le laisser passer ! »

Les jeunes filles quittèrent le jardin par ce trou. De l'autre côté, les bicyclettes avaient disparu.

Peggy ouvrait la bouche pour s'étonner du phénomène quand Jenny pointa l'index droit devant elle et glapit d'une voix étranglée : « Là ! Elles sont là ! »

Les vélos roulaient tout seuls sur la lande. Leurs roues tournaient, animées d'une vie propre, décrivant des zigzags, folâtrant comme deux jeunes animaux avides de jeu.

Peggy arracha son masque pour s'assurer qu'elle n'avait pas la berlue. Mais elle ne faisait pas erreur, non ! Les bicyclettes avaient été recouvertes de chair rose, depuis le guidon jusqu'aux garde-boue. Devenues vivantes, elles roulaient sur la lande, sans but précis.

— Elles étaient sans doute trop rouillées au goût du docteur Squelette, soupira Peggy. Il a pensé qu'elles souffraient d'une maladie de peau, et dans sa grande bonté il leur a fait cadeau d'un nouvel épiderme.

17

La bête impossible

Les jeunes filles ne parvinrent pas à rattraper les vélos qui caracolaient sur la plaine à l'aveuglette.

Les pédales tournaient toutes seules sous l'effet des contractions de la chair artificielle, et, quand l'une des bicyclettes, heurtant un obstacle, s'effondrait sur le sol, elle se redressait dans une sorte de spasme qui la projetait en l'air et lui permettait de retomber en équilibre sur ses roues.

Cette dernière fantasmagorie amena Jenny au comble de l'exaspération, aussi les deux filles rentrèrent-elles au cimetière de voitures sans échanger un mot.

Elles eurent du mal à dormir cette nuit-là, surtout Peggy Sue qui pensa beaucoup à Sebastian, et l'aube les trouva hébétées, la tête remplie des images extra-ordinaires enregistrées dans le secret de la crypte. Le chien bleu se réveilla de mauvaise humeur.

— J'ai l'impression que ma langue est enrobée de fourrure, grogna-t-il. J'ai dormi deux siècles, non ?

— Désolée, soupira Peggy, c'est le contrecoup de l'anesthésie, on n'avait pas de masque adapté à la forme de ton museau.

— Qu'est-ce que vous allez faire ? interrogea Jenny qui préparait le café d'une main mal assurée.

— Sortir Sebastian de là-bas sans plus attendre, dit Peggy Sue. Maintenant que je sais qu'on peut découper le mur à la tronçonneuse ce sera facile de le sortir sans le secouer comme un sac de noix. Peux-tu me procurer un véhicule pour le transporter ?

— Oui, j'ai un petit camion, là-derrière. Il est en panne pour le moment mais je peux le réparer dans la journée. Tu crois que c'est une bonne chose de ramener ce gars-là chez toi, dans ta famille ? Tu sais ce qui va lui arriver ?

— La métamorphose ?

— Oui, c'est inévitable. Il deviendra un monstre comme Fergus le Suédois. Tu finiras par avoir honte de lui. Tu n'oseras plus le montrer à personne. Mieux vaudrait le laisser ici, à Châteaunoir, il pourrait vivre avec les animaux du village lilliputien. Du moins jusqu'à ce qu'il commence à se transformer et qu'on soit obligé de le tuer.

Jenny s'approcha de Peggy Sue et lui prit les mains.

— Crois-moi, insista-t-elle, ce serait mieux pour lui. Il est condamné. La machine... ce robot, comme tu l'appelles, lui a fait subir trop d'opérations. Il ne restera pas longtemps humain. Si tu le ramènes en ville, on l'enfermera dans un zoo. Ou la police le fera disparaître en secret.

Peggy se raidit.

— Je ne l'abandonnerai pas, martela-t-elle. Il n'en est pas question ! Ce n'est pas la première fois que nous affrontons ensemble un problème insoluble. Nous trouverons bien un moyen de le résoudre !

Jenny capitula.

— Comme tu voudras, soupira-t-elle. Je vais réparer le camion et nous irons le chercher.

La journée s'écoula dans une atmosphère plutôt lourde. Peggy devinait que Jennifer lui en voulait d'avoir détruit l'image qu'elle se faisait du dieu caché de l'autre côté du mur. La jeune paysanne n'était nullement sensible à l'aspect formidable de leur découverte. Une soucoupe volante n'était pour elle qu'une grosse machine tombée en panne. Une sorte d'avion de ligne venu des étoiles. Seules les choses magiques méritaient, selon elle, d'être prises en considération.

Pendant que Jenny remettait la remorqueuse en état – besogne qui dépassait les maigres compétences mécaniques de Peggy Sue –, cette dernière s'empara d'une paire de jumelles découverte dans le fouillis de la roulotte et se hissa au sommet d'une montagne de carcasses automobiles. Du haut de son perchoir, elle observa le sanctuaire à travers le voile de brume stagnant sur la plaine.

Elle n'était guère satisfaite de la tournure prise par les événements.

— J'ai la nette impression d'oublier quelque chose d'important, dit-elle au chien bleu. Une évidence qui se promènerait sous mon nez sans que je sois capable de la remarquer.

— Quoi donc ? s'enquit l'animal.

— Je ne sais pas. Certains trucs me gênent. J'ai dans l'idée qu'ils sont reliés entre eux mais je n'arrive pas à comprendre la logique de l'assemblage. Ce subit emballement de la matière, par exemple. Cette folie qui s'est emparée de la chair artificielle au cours des derniers jours. Sans oublier cette obstination ridicule que le robot met à soigner la maçonnerie…

— Tu crois que tout ça a un sens ? s'étonna le chien bleu. Moi je pense que le droïde a perdu la boule et qu'il fait n'importe quoi. Il ne faut pas se prendre la tête en essayant de trouver une logique à son comportement.

Peggy ne partageait pas cet avis. Des images la hantaient : les statues enveloppées de chair rose… les piliers du dôme réparés comme des jambes cassées. Jusqu'où le robot chirurgien pousserait-il son souci de restauration ?

L'adolescente restait persuadée que l'androïde n'agissait pas au hasard et qu'il avait un but secret. « Il sait ce qu'il fait ! » marmonna-t-elle en manœuvrant la molette de mise au point des jumelles.

Sur la lande, les vélos aveugles roulaient toujours, se poursuivant autour du Grand Mur, comme s'ils n'osaient pas s'éloigner du sanctuaire. Ce fut en laissant courir son regard sur la voûte du dôme que Peggy fut brusquement gagnée par une impression bizarre. Une théorie effrayante pointa le nez dans son esprit, et elle la repoussa avec terreur. *Non... Non! C'était trop dingue...* Et pourtant...

Les oculaires caoutchoutés rivés aux yeux, elle reprit son exploration des ruines. Il y avait le dôme et la tour... Mais il y avait également quelque chose sur le dôme et sur la tour. Quelque chose de rose, qui semblait s'étendre presque à vue d'œil en un mouvement régulier. Quelque chose de rose?

De la chair, bien sûr!

De la chair qui bourgeonnait, recouvrant peu à peu la surface de la coupole fendillée. Peggy sentit un frisson lui courir le long du dos.

Non... C'était de la folie, elle se laissait emporter par son imagination! Et pourtant elle ne pouvait nier la présence de la peau de remplacement sur la surface du dôme. Sur la tour aussi... Cela montait, montait. La pierre grise disparaissait sous cet épiderme artificiel qui vivait par le pouvoir d'une science venue des étoiles. La coupole ressemblait à un *dos*, le donjon à un *cou* interminable.

Peggy Sue baissa les jumelles, terrifiée par ce qu'elle venait d'entrevoir. Un faux mouvement dû à l'énervement faillit la précipiter au bas des épaves automobiles. Jenny, qui avait remarqué sa gesticulation, abandonna le camion sur lequel elle était penchée et vint la rejoindre. Peggy lui tendit les jumelles et lui ordonna de regarder dans la direction du château. Elle devait être pâle à faire peur, car Jennifer obéit sans rechigner.

— Eh bien, quoi ? s'étonna-t-elle. La chair continue à pousser, et alors ?

Peggy n'osait exposer sa théorie. Allait-on lui rire au nez ?

Le chien bleu jappa, en alerte. Son instinct lui soufflait que sa maîtresse avait découvert un indice important.

— Tu ne vois donc pas ? s'étonna Peggy. Pourtant c'est évident.

— Quoi ? grogna Jenny, agacée.

— La coupole, la tour... chuchota Peggy Sue comme si on pouvait l'entendre. Ça ne te fait pas penser à un dos, à un cou ? À travers le brouillard on dirait presque une bête, non ? Un dinosaure. Un diplodocus...

— Un diploquoi ? bredouilla Jenny.

Peggy lui reprit les jumelles. Plus elle regardait le manoir, plus elle sentait s'affermir sa conviction.

— Le robot, dit-elle dans un murmure. Il s'est mis en tête de restaurer tout ce qui lui semble blessé. Tu l'as vu à l'œuvre, non ? Je crois qu'il est en train de soigner le château comme on soigne un malade. Il a commencé par de simples fissures, des lézardes. Puis il s'est lancé dans les greffes. Il a remplacé le ciment par de la chair... À présent il recouvre la coupole de peau, il va la rendre vivante. Tu ne comprends donc pas ? *Il va en faire une bête.* Une bête énorme. La chair de remplacement va s'articuler sur la structure des bâtiments comme elle l'a déjà fait sur les statues ou les vélos.

— Non ! balbutia Jenny en dévisageant Peggy avec horreur. Ce n'est pas possible, tu racontes n'importe quoi !

— Pas du tout, protesta Peggy Sue. C'est logique… Je m'en doutais plus ou moins consciemment depuis un moment mais je ne voulais pas me l'avouer. Regardez ! Tout y est ! Le dôme, le donjon. *Il y a là de quoi faire un merveilleux squelette de dinosaure.* Le robot a tout calculé. Il va réutiliser l'ensemble de la maçonnerie. La coupole et la tour pour le dos, le ventre, le cou, et puis les arbres pour les pattes… Quant au mur d'enceinte, il en fera une queue… Une queue interminable qui pourra tout balayer d'un simple revers !

Jenny resta bouche bée, la figure livide de peur. Le chien bleu retroussa les babines comme s'il s'apprêtait à mordre cette bête de cauchemar qui, dans un moment, se mettrait en marche pour ravager la campagne.

— Il faut prévenir les anciens du village, bégaya Jennifer. Si tu as raison, nous allons tous être piétinés.

— Tous, oui ! Pas seulement Châteaunoir, haleta Peggy, mais également les villes des alentours ! Car cette bête sera aveugle, comme les statues, comme les vélos… Elle s'élancera au hasard, sans même savoir où elle va.

Elle se tut, car sa voix avait pris un son désagréablement strident. La sueur lui collait les cheveux sur les joues.

— Jenny, dit-elle dans un souffle. Il faut détruire cette chose avant qu'elle ne soit achevée. Dès qu'elle se réveillera, il sera trop tard, elle balayera d'un coup de queue tout ce qui se dressera en travers de son chemin.

— Mais ce ne sera pas une vraie bête… protesta la jeune paysanne.

— C'est vrai… juste de la peau sur un squelette de pierre, mais il y a quelque chose dans cette substance extraterrestre qui fait qu'elle n'a pas besoin d'organes pour vivre. C'est un tissu musculeux doué d'une force prodigieuse. Une science qui nous dépasse l'a fabriqué pour ça.

— Tu as raison, approuva le chien bleu. Je l'ai senti dès le début en m'approchant du Grand Mur.

Peggy fit une pause pour reprendre son souffle.

— Jenny, insista-t-elle. Je sais que j'ai raison. Ça va arracher les ruines du sol pour en faire un animal. Un animal énorme comme il y en avait avant l'apparition de l'Homme.

Mais Jenny ne voulait pas en démordre : il ne fallait rien entreprendre sans l'assentiment du conseil des anciens. Elle était butée. Elle ne réparerait pas le camion tant qu'on n'aurait pas satisfait à cette formalité.

Les adolescentes et le chien bleu durent donc se rendre au village et aller de maison en maison annoncer la nouvelle. Les battants s'entrebâillaient sur des figures ridées et méfiantes. Jenny palabrait, chuchotait. Quelques-unes lui claquèrent la porte au nez.

Il fallut deux heures pour réunir une douzaine de vieillards dans la salle de la mairie, pour la plupart des octogénaires qui n'avaient pas enlevé leur chapeau noir et s'étaient affublés en hâte de vêtements datant du siècle dernier.

Ils s'installèrent en silence, leurs grosses mains déformées par les rhumatismes posées sur le bois de la table de réunion. Peggy Sue leur expliqua ce qui risquait d'arriver à brève échéance. Ils ne lui posèrent aucune question, ne s'étonnèrent pas davantage et ne montrèrent aucun signe d'inquiétude. Simplement, lorsque la jeune fille eut fini sa démonstration, l'un des vieux lui fit signe de sortir afin qu'ils puissent délibérer entre eux.

Peggy obéit, pleine d'un mauvais pressentiment ; le chien bleu la suivit. Il y avait trop de résignation chez ces hommes pour que quelque chose de bon sorte de leur décision. Quand Jenny réapparut, elle secoua négativement la tête. Il n'y avait plus rien à faire. Les anciens refusaient qu'on s'opposât aux désirs de la créature. Il ne fallait pas porter préjudice au sanctuaire.

— Ils vont prier, annonça la jeune fille. Ils disent que les dieux seuls peuvent intercéder en notre faveur auprès de la chose venue des étoiles.

— C'est de la folie ! s'exclama Peggy Sue. La bête va se constituer très rapidement. Si nous n'intervenons pas maintenant, nous ne pourrons plus l'approcher. Elle peut raser le pays. Enfin, réfléchis ! Elle n'est pas réellement vivante, *donc elle est indestructible*. Elle ne saigne pas, elle ne souffre pas, elle ne possède aucun organe vital qu'on pourrait atteindre. Quand elle se sera mise en marche, plus rien ne l'arrêtera.

— Et qu'espères-tu faire, toi? aboya Jenny en l'entraînant hors du bâtiment.

— Il nous faut de l'essence, haleta Peggy Sue. Nous brûlerons la peau artificielle avant qu'elle ne soit trop étendue. Et si tu peux trouver une ou deux cartouches de dynamite nous détruirons le robot.

Jenny lui demanda de baisser la voix.

— Fais attention! souffla-t-elle, les gens d'ici pourraient nous lyncher. Même Fergus le Suédois était contre toi. Ils disent qu'il faut accepter l'épreuve, que c'est le prix à payer aux dieux de la lande pour les bienfaits qu'ils nous ont accordés jadis.

— Mais toi! lança Peggy Sue. Tu sais bien que c'est faux, n'est-ce pas? Les dieux n'ont rien à voir là-dedans!

Elle s'était mise à secouer la jeune paysanne par les épaules, celle-ci se dégagea sèchement.

— Je n'en sais rien! cria-t-elle. Tu parles trop, tu m'embrouilles! Et puis tu n'es pas d'ici, que connais-tu de nos coutumes?

Elles sortirent du village d'un pas vif. Jennifer avançait tête basse, boudeuse, en proie à un grand trouble. Pendant qu'elles revenaient au cimetière de voitures, Peggy Sue s'arrêta deux fois pour porter les jumelles à ses yeux. La chair de remplacement progressait toujours. À ce train-là, les ruines de l'abbaye seraient enveloppées dans une pellicule rose avant quarante-huit heures.

— Il faut aller chercher Sebastian, lança-t-elle au chien bleu. Cette fois on ne plus attendre son réveil. Le temps presse.

— Tout à fait d'accord avec toi, lâcha l'animal. La catastrophe est imminente. Une fois que la bête se sera mise en marche, on ne pourra plus l'approcher et Sebastian restera prisonnier de son ventre.

Peggy s'efforçait de conserver son calme. La peau artificielle aurait-elle assez de puissance pour arracher de terre le bâtiment et le promener à travers la lande ? Est-ce que cet énorme amoncellement de pierres ne serait pas trop lourd pour elle ?

Elle en doutait. Elle avait vu la chair rose décoller les statues de leurs socles, leur casser genoux et coudes pour les faire bouger telles des marionnettes… La force de cette viande était prodigieuse.

Quand ils franchirent les barbelés du chantier de récupération, Jenny lui posa la main sur le bras.

— Je vais réparer le camion, dit-elle avec lassitude. Nous irons chercher ton petit ami parce qu'il serait inhumain de le laisser dans le ventre de la bête, mais je ne ferai rien pour la détruire. Tu entends ? Je n'irai pas contre la décision du conseil des anciens.

Peggy Sue hocha la tête, résignée.

— Okay, dit-elle. Je ne te demanderai pas d'agir contre tes convictions. D'ailleurs, je ne suis pas certaine qu'on puisse encore tenter quelque chose.

18

Le prisonnier du dinosaure

Assise au sommet de la montagne de voitures, Peggy Sue put voir les gens du village se rassembler sur la place. Ils étaient agenouillés et priaient, les yeux tournés vers le sol comme s'ils craignaient de regarder en face ce qui était en train de naître de l'autre côté du brouillard, cet animal impossible au squelette de pierre.

L'adolescente reporta son attention sur le château. La chair artificielle avait fini d'escalader la tour. Tout en haut de la construction, elle s'était mise à bourgeonner, formant une espèce de protubérance qui pouvait passer pour une tête... mais une tête sans yeux ni bouche. Toutefois, avec la distance et le voile de brume, l'illusion était parfaite et l'on avait l'impression de contempler l'interminable cou d'un dinosaure.

Quelle bête de la préhistoire avait été aussi grosse ? Même les brontosaures auraient eu l'air de simples lézards à côté de cette masse énorme qui ferait trembler la terre lorsqu'elle se mettrait en marche.

Peggy se demanda une fois de plus si elle ne devrait pas prévenir l'armée, la télévision...

— Non, déclara le chien bleu, ils ne te croiraient pas. Et de toute manière, il y a fort à parier que le conseil des anciens ne te laisserait pas quitter le village… Ce sont des fanatiques, tu as vu ! Ils préfèrent se laisser piétiner que d'affronter ce qui vient des étoiles.

Jusqu'au soir Peggy et le chien bleu demeurèrent à leur poste, surveillant les progrès de la pellicule musculeuse qui enveloppait le dôme. Elle était encore trop mince pour détacher la maçonnerie du sol, mais elle allait épaissir en proliférant, et cela ne prendrait pas six mois !

Pendant la nuit, Peggy Sue se pelotonna contre le chien bleu, et ils guettèrent l'aube en tendant l'oreille, terrifiés à l'idée d'entendre résonner le premier pas de l'animal fabuleux. L'image de Sebastian dormant dans son sac de couchage hantait l'esprit de la jeune fille.

Au matin, Jenny acheva enfin la réparation du camion de remorquage et fit le plein. Elle avait le visage gris et les yeux cernés par la nuit blanche qu'elle avait passée, le nez penché sur le moteur vétuste du véhicule. Elle s'activait en conservant la tête baissée, de manière à ne pas voir ce qui se construisait là-bas au milieu de la lande.

— C'est prêt, annonça-t-elle, j'ai graissé la chaîne de la tronçonneuse. Tu pourras découper le mur comme une vulgaire tranche de gâteau. Tu viens ?

Et elle tourna la clef de contact.

Peggy Sue acquiesça, l'estomac noué. Elle se hissa dans le camion, sur le siège maculé de taches d'huile ; le chien s'installa à ses pieds. Jennifer était au volant, la tête rentrée dans les épaules, les doigts crispés sur le changement de vitesse.

— On y va ? répéta-t-elle. Tu es sûre de savoir ce que tu fais ?

Non, Peggy n'était sûre de rien, mais elle irait tout de même. Elle serait allée chercher Sebastian en enfer s'il l'avait fallu !

Jenny enfonça l'accélérateur. Le camion de remorquage brinquebalait affreusement à chaque cahot et une fumée suspecte s'échappait du moteur, comme si un incendie couvait sous le capot. Peggy s'attendait que le véhicule explose avant d'avoir parcouru la moitié du chemin, mais rien de semblable n'arriva.

— Est-ce que tu m'aideras ? demanda-t-elle en se tournant vers Jenny.

La rouquine lui opposa un profil buté, refusant de rencontrer son regard.

— Je ne descendrai pas dans le jardin, dit-elle d'une voix sourde. Je resterai près du mur, pour t'aider à sortir ton petit copain, *mais c'est tout*. Ne me force pas à faire davantage.

— Je ne te forcerai pas, soupira Peggy. Mais tu as tort, vous avez tous tort. Il faudrait détruire le robot sans attendre.

Jennifer ne répondit pas.

Une fois au pied du mur, Peggy vit que la consistance du rempart avait changé. Les pierres enchâssées dans la chair rose du ciment ressemblaient à des écailles monstrueuses. La paroi avait maintenant l'aspect d'une queue d'alligator. Cela trépignait d'impatience, cela gémissait comme si un tremblement de terre travaillait la maçonnerie par en dessous.

— On ne pourra pas l'attaquer à la tronçonneuse, constata Peggy Sue, c'est devenu trop solide… Ça risque de se défendre.

— Alors passons par-dessus, décida le chien bleu. Mais dépêchons-nous. Je pense que la bête va bientôt rassembler ses morceaux. Pour l'heure c'est encore une espèce de puzzle aux pièces éparpillées. Il faut en profiter.

Jenny avait quitté son siège. À l'arrière du camion, elle prit une grande échelle. Peggy Sue alla lui prêter main-forte. Elles la dressèrent contre le mur qui tressaillit à ce contact.

— *Ça vit*, constata Jenny avec une sorte de frayeur admirative.

Peggy ne voulait pas s'attarder, elle prit le chien bleu sous son bras gauche, comme à l'accoutumée, et empoigna les barreaux de la main droite. En cet équipage, elle se hissa au sommet du mur. La paroi ondulait sur la lande, à la façon d'un serpent. Le mouvement reptilien devenait encore plus évident dès qu'on l'observait d'en haut.

— Allez, ma petite ! lança mentalement le chien bleu. On y va. Comme je dis toujours : ce ne sera pas la première fois qu'on se jette dans la gueule du loup, pas vrai ? Et jusqu'à présent on en est toujours ressorti !

La géographie du manoir avait encore changé. Ainsi les grands arbres vivants s'étaient-ils répartis deux par deux de chaque côté de la coupole. L'épiderme musclé qui les enveloppait ne formait plus qu'un avec celui recouvrant le dôme.

— Les pattes du monstre, constata Peggy Sue. *Quatre arbres, quatre pattes…*

Elle avait vu juste, le robot avait tout réutilisé, ne laissant rien se perdre. Bientôt le mur d'enceinte se scinderait pour se déplier. La longue muraille perdrait ses quatre coins pour devenir une sorte de tuyau de pierre et de chair mêlées ; ce serpent irait se coller à l'arrière du dôme, de manière à former la queue du dinosaure. Où le robot médecin avait-il déniché cette image primitive ? Sans doute modelait-il un animal existant sur sa planète d'origine, un diplodocus dont il avait cru identifier la carcasse dans les ruines du château ?

Après avoir ajusté son masque à gaz, Peggy se laissa tomber de l'autre côté du mur. Elle se demandait si le robot était capable de détecter sa présence et de lire ses intentions dans le faisceau de ses ondes cérébrales. Allait-il se défendre ? Dépêcher contre l'intruse la légion des statues recouvertes de peau ? L'adolescente s'imaginait mal en train d'affronter ces colosses !

Comme elle remontait l'allée ouverte au milieu des ronces, elle s'arrêta ; *l'entrée du dôme avait disparu.*

Les ouvertures de la construction avaient été obturées par la croissance de l'épiderme. La chair avait poussé, couvrant chaque orifice. Il n'y avait plus d'accès, plus de trous. La coupole présentait désormais la forme d'un corps parfait, ovoïde et totalement enveloppé de peau pâle.

Peggy Sue se précipita vers la porte… ou plutôt vers l'endroit où s'ouvrait encore la porte vingt-quatre heures auparavant ! Elle se heurta à la consistance élastique de la viande artificielle. C'était tiède et résistant. Levant les deux poings, elle tapa sur la paroi sans produire le moindre bruit. À travers la pellicule translucide, elle vit une silhouette s'avancer à sa rencontre, une silhouette qui poussait elle aussi de toutes ses forces pour essayer de déchirer l'obstacle. Il ne s'agissait pas du robot. *C'était Sebastian enfin réveillé !* Le malheureux gesticulait de l'autre côté de la paroi musclée, tapant des poings et essayant d'y enfoncer ses ongles pour s'ouvrir un passage.

Peggy se rappela qu'elle portait un couteau à la ceinture. D'une main tremblante, elle arracha l'outil de son étui et frappa sans hésiter.

Elle devait libérer Sebastian, lui permettre de sortir du ventre de la bête.

Au moment où son poing s'abattit, la lame creva la peau avec un bruit mat. D'abord elle crut qu'elle avait réussi, puis elle constata que la viande artificielle se contractait tel un muscle strié et qu'elle avait le plus grand mal à bouger son arme. Elle ahana, pesant de tout son poids sur le manche du coutelas, s'y suspendant à deux mains comme un alpiniste accroché à un piton. La lame ouvrit une plaie de trente centimètres, une plaie qui ne saignait pas mais dont les bords se convulsaient avec fureur. De l'autre côté, Sebastian s'approcha de cette lucarne et y engagea les doigts pour tenter de l'élargir. La blessure s'entrebâilla, fenêtre palpitante où s'encadrait le visage du jeune homme.

— Sebastian ! hurla Peggy Sue. Sebastian ! Je vais te sortir de là. Écarte-toi, je risque de te blesser !

— Peggy ! cria le garçon. C'est toi ? Bon sang ! Mais qu'est-ce qui se passe ici ? Est-ce que je suis en train de délirer ? Ce n'est qu'un mauvais rêve, n'est-ce pas ? Rien de tout ça n'existe...

Il n'y avait pas encore de panique dans sa voix, seulement l'incrédulité d'un adolescent qui se croit en plein cauchemar. Peggy n'avait pas le temps de lui expliquer les prodiges du sanctuaire. Elle haletait, remuant le couteau en tous sens. Elle avait l'impression absurde de s'attaquer à une baleine avec un canif. Elle en aurait pleuré de rage. Elle pesa encore sur la lame, encore et encore, agrandissant le passage. Bientôt la blessure serait assez grande pour que Sebastian s'y engouffre... Bientôt...

Elle prit alors conscience que la plaie cicatrisait au fur et à mesure, se suturant d'elle-même. Les bords de la blessure adhéraient sitôt écartés, et la chair fendue reprenait son aspect lisse.

Elle hurla de rage et se mit à taillader la paroi élastique de façon désordonnée, cherchant un endroit plus vulnérable.

— Je vais t'aider ! vociféra le chien bleu qui entreprit de dévorer la peau rose à belles dents.

Hélas, l'épiderme extraterrestre avait détecté l'agression et ses cellules s'organisaient déjà pour la riposte. Elles se contractaient, se resserraient, et la chair artificielle prenait de seconde en seconde la solidité d'un cuir de tyrannosaure. Dans une minute, elle aurait la dureté d'une carapace de tortue.

Soudain, la peau cicatrisa autour du couteau qui demeura enraciné en elle sans que Peggy puisse l'en retirer. L'adolescente eut beau rassembler ses forces, prendre appui avec le pied sur la paroi, rien n'y fit ! Sebastian, prisonnier du dôme, se retournait les ongles sur cet obstacle qui, en vingt secondes, était passé du stade de la peau de tambour à celui du cartilage. Les larmes aux yeux, Peggy abandonna le couteau qui semblait désormais scellé dans la pierre.

— Sebastian ! hurla-t-elle. Sebastian ! Tu m'entends ?

Malheureusement la paroi de chair durcie ne laissait plus passer les sons. Essayant de se ressaisir, la jeune fille courut en cercle autour du château. Elle cherchait une brèche par où pénétrer dans le bâtiment, un orifice encore découvert. Folle d'inquiétude, elle crut qu'elle ne trouverait jamais : la peau fantastique enveloppait tout. Les ruines étaient hermétiquement empaquetées dans cet emballage caoutchouteux dont la couche extérieure se piquetait déjà d'écailles.

En s'épaississant, la chair avait gommé les contours des constructions et des arbres engloutis. On oubliait le matériau premier qui se cachait là-dessous, le squelette aberrant constitué de bric et de broc, à la fois arbres, pierre, maçonnerie, pour ne plus voir que cette énorme bête aveugle dont le cou interminable dominait la lande, étirant son ombre menaçante jusqu'aux maisons du village.

« Elle ne pourra pas s'arracher du sol ! songea Peggy en essayant de se rassurer. Elle est trop lourde, trop malhabile. Son squelette la tiendra le ventre collé à terre ! »

— Là ! hurla le chien bleu en reniflant un trou à ras de terre. On a encore une chance !

Peggy s'agenouilla, appelant Sebastian par l'orifice.

— Il faut qu'il se dépêche ! cria le chien. Ça va se refermer…

À travers la brume de confusion qui emplissait sa tête, Peggy entendit Jenny l'appeler. Grimpée sur l'échelle, la jeune paysanne avait suivi toute la scène. Elle leur criait de revenir.

— Ça ne sert à rien ! disait-elle. Vous ne pouvez plus rien pour lui. Il est fichu ! Revenez !

Par bonheur, Sebastian apparut dans la brèche. Il rampait furieusement pour sortir du piège. Peggy lui saisit les poignets et tira de toutes ses forces pendant que le chien bleu s'efforçait de dévorer la peau rose afin d'agrandir le passage.

— Pouah ! grogna-t-il la gueule pleine, ça n'a même pas bon goût ! J'ai l'impression de manger un vieil imperméable moisi.

Enfin, Sebastian émergea à l'air libre. Il se jeta aussitôt dans les bras de Peggy.

— Vite ! haleta celle-ci. Filons d'ici !

— Dépêchez-vous, les amoureux ! vociféra le chien bleu. Le mur bouge ! On dirait une anguille !

La muraille d'enceinte était sur le point de se déchirer par le milieu pour former un appendice caudal [1]. Il fallait fuir. Une fois que le mur se serait changé en queue de dinosaure, plus personne ne pourrait s'approcher de la « bête » sans courir le risque d'être balayé par cette arme redoutable.

Soutenant Sebastian, Peggy courut rejoindre Jenny. Les flancs du dôme frémissaient, des contractions puissantes ridaient leur chair comme si l'épiderme extraterrestre entamait d'ores et déjà des efforts pour soulever de terre la masse inerte du château.

Sebastian se hissa en haut de l'échelle, et Jenny l'aida à redescendre sur la lande. Le mur d'enceinte se contractait hideusement. À certains endroits il ne touchait déjà plus l'herbe et ressemblait à un reptile agité de convulsions.

Les adolescents bondirent dans le camion, immédiatement suivis par le chien bleu. Jennifer fit marche arrière, oubliant l'échelle dressée contre la muraille. Au moment où elle amorçait son virage, Peggy vit apparaître une plaie dans la texture du rempart. La scission [2] allait s'opérer, et, dès lors, le mur cesserait

---

1. Terme scientifique qui désigne la queue d'un animal.
2. Séparation.

d'être un simple carré de maçonnerie. Déjà il s'arrondissait, prenant un aspect tubulaire. La chair qui avait remplacé les joints de ciment entre les grosses pierres commandait désormais ses mouvements. Cet apparent chaos était dominé par une idée fixe : organiser un être cohérent, le rendre viable. Ressusciter coûte que coûte ce que le robot avait pris pour le squelette d'un dinosaure.

Jenny tourna le dos au manoir. Elle roulait le pied au plancher.

— C'était à un poil près, balbutia-t-elle. Pour un peu vous ne ressortiez jamais du jardin.

Comme ils arrivaient à la hauteur du village lilliputien, les adolescents surprirent un spectacle effrayant.

Cochons et chiens avaient réussi à capturer les deux vélos vivants qui zigzaguaient sur la plaine. Ils s'acharnaient sur les machines telle une meute de loups affamés, les mordant à belles dents pour essayer d'arracher la chair qui couvrait le métal.

La peau artificielle résistait, se contractant. Constellées de griffures, les bicyclettes se débattaient dans les mains de leurs agresseurs qui ne parvenaient pas à enfoncer leurs crocs dans cet épiderme impossible. Les vélos n'entendaient pas se laisser manger, et cette résistance mettait les porcelets au comble de l'exaspération.

19

La promenade du dinosaure

La secousse réveilla les jeunes gens aux premières lueurs de l'aube. Elle fut si violente que les carcasses du cimetière automobile s'effondrèrent dans un effroyable vacarme. Peggy avait l'habitude des catastrophes, mais jamais elle n'avait eu à supporter un choc d'une telle puissance. La roulotte se coucha sur le flanc, et les meubles qui la remplissaient s'entassèrent en un beau pêle-mêle. Le père de Jenny hurlait. Arraché de sa chaise longue, il avait été catapulté contre la paroi métallique et rampait, entortillé dans ses couvertures. Peggy s'extirpa avec difficulté de son sac de couchage. Elle avait une bosse au front et saignait de l'arcade sourcilière gauche. À quatre pattes au milieu des objets éparpillés, elle s'assura que Sebastian et le chien bleu n'avaient pas été blessés. Bien que le calme fût revenu, elle sentait encore l'écho de la secousse dans ses os, comme si ses organes n'étaient pas vraiment retombés à la bonne place. Le « dinosaure » avait pris appui sur les arbres qui lui servaient de pattes, et décollé son ventre du sol. Dans ce ventre il y avait le vaisseau spatial et le robot… L'apocalypse entamait son premier round.

Peggy rampa vers l'arrière de la remorque. Les portes s'étaient dégondées et le jour entrait, faisant couler sur toute chose sa lumière cendreuse.

Échevelée, l'adolescente émergea enfin de la roulotte renversée. Autour d'elle, les carcasses de voitures continuaient à dégringoler, levant un brouillard de poussière de rouille. Son premier regard fut pour la bête dont la silhouette se dressait à l'horizon. Le monstre se tenait debout, bien planté sur les quatre arbres énormes qui lui tenaient lieu de jambes. Le mur d'enceinte, déployé, s'était changé en une immense queue qui bougeait doucement. Sous l'abdomen de la créature, s'ouvrait le cratère ayant contenu les fondations du monastère et le vaisseau spatial. Mais le plus étrange, c'était que le colossal animal n'avait pas l'aspect terrible qu'on prête d'ordinaire aux grands reptiles préhistoriques. En réalité, il avait l'air d'un diplodocus de pâte à modeler bricolé par un enfant de cinq ans en classe de travail manuel. Cela tenait à son aspect inachevé, à cette tête sans yeux ni bouche, ces pattes dépourvues de griffes. Malgré sa taille gigantesque, *il ne faisait pas peur*. Pire que tout, il était rose !

Et l'horreur – la fin du monde peut-être ? – allait venir de ce monstre dont aucun cinéaste n'aurait voulu pour un film de science-fiction tant il était mal fichu.

— Nom d'une saucisse atomique ! haleta le chien bleu. Tu as vu ? *Il est mignon !* On dirait un jouet en caoutchouc !

— Ouais, un jouet qui pèse autant qu'un paquebot ! grommela Sebastian.

Peggy courut vers la sortie du cimetière de voitures. Elle ne savait plus ce qu'elle faisait. Un déferlement d'images incohérentes lui emplissait la tête. Elle songeait à tous les films fantastiques dont elle s'était jadis régalée, à ces animaux géants qu'on voyait s'avancer en crachant le feu au milieu des buildings qu'ils renversaient d'un coup de tête... Cela allait se produire, *aujourd'hui*. Une bête qui n'existait pas allait détruire toutes les villes qui auraient le malheur de se dresser sur sa route. Un monstre aveugle, qui n'était même pas réellement vivant ! Les ruines d'un vieux château démantibulé déguisées en diplodocus...

Le brouillard de l'aube ne permettait pas d'examiner la bête en détail. À travers la fumée cotonneuse stagnant sur la plaine, on ne distinguait qu'une silhouette dont le cou longiligne aurait pu passer pour une cheminée d'usine.

Enfin, la créature risqua un premier pas, puis un second. Mal équilibrée sur les arbres centenaires soudés à sa panse, elle semblait prête à rouler sur le flanc chaque fois qu'elle levait une patte. Son avance faisait trembler la plaine comme une peau de tambour.

Oui, comme une peau de tambour... C'était une comparaison usée, mais Peggy Sue n'en trouvait pas de meilleure. La terre vibrait sous ses pieds nus comme si elle n'avait pas plus d'épaisseur qu'une membrane. Et cette trépidation l'empêchait de tenir debout.

Peggy songea que les détecteurs du centre anti-tremblements de terre de la côte ouest allaient assimiler ces vibrations à un séisme localisé. Un de plus... et c'est à peine si les techniciens blasés daigneraient noter l'heure des premières secousses.

Sebastian, Jenny et le chien bleu l'avaient rejointe. Hagards, ils titubaient sans quitter des yeux la silhouette de la bête. Celle-ci s'était mise à marcher droit devant elle ; ses pieds creusaient des trous énormes dans la terre molle de la lande. Sans doute ne savait-elle même pas où elle allait. Elle marchait parce qu'elle était vivante, et que la vie c'est le mouvement, mais il n'y avait aucune idée préconçue dans la boule vide qui lui servait de crâne. Aucun sentiment non plus. Rien que la volonté farouche de survivre.

— Et elle est aveugle ! balbutia Peggy tandis que ses bras se couvraient de chair de poule. Le pays va être détruit par un dinosaure aveugle...

— Elle va sur le village ! balbutia Jenny en désignant le clocher pointu crevant la brume.

Peggy essayait de déterminer ce qu'elle devait faire. Comment se comportaient les héros des films de science-fiction en présence des monstres colossaux jaillis des entrailles de la terre ? Il y avait toujours des avions qui piquaient sur la bête pour la mitrailler, et des hélicoptères que le dinosaure happait d'un coup de gueule gourmand. Généralement tout cela ne servait à rien, les villes continuaient à s'écrouler…

— Allez chercher le camion, lança-t-elle à tout hasard. Nous allons la suivre. Jenny, as-tu de la dynamite ?

La dynamite serait inefficace, Peggy en avait l'intuition, mais elle ne voulait surtout pas rester les bras croisés, à pleurnicher en attendant sagement d'être écrasée par un brontosaure rosâtre.

— Si on réussit à faire sauter une de ses pattes, hasarda Sebastian, elle perdra l'équilibre et roulera sur le flanc. Ça l'immobilisera… Ensuite on verra. Mais il faut l'empêcher de se promener au hasard à travers tout le pays.

Jenny hocha la tête. Sa bouche tremblait. Elle courut vers une casemate de ciment et en ressortit portant une caisse sur laquelle on avait peint une tête de mort. *La dynamite.* Tous les paysans en possédaient, Peggy Sue le savait. Elle leur servait à creuser les puits ou les fondations des maisons lorsqu'ils butaient sur une couche rocheuse.

Les adolescents grimpèrent dans le camion de remorquage. Sur la lande, le monstre avait trouvé son allure de croisière. Il trottinait d'une démarche régulière, sans trop s'emmêler les pattes. De temps à autre, il roulait comme un navire lourdement chargé pris dans la tempête, et l'on avait l'impression qu'il allait se coucher sur le flanc, mais il retrouvait son équilibre et poursuivait sa course. Chacun de ses pas ébranlait la terre comme l'explosion d'une bombe enfouie dans une galerie de mine.

Peggy estima que le danger viendrait de sa queue qui balayait le sol en un mouvement pendulaire incessant. Droite-gauche, droite-gauche… le frottement était tel qu'il bousculait les roches et soulevait des geysers de boue. Le vacarme de ce balayage interdisait toute conversation.

Jenny roulait, penchée sur le volant, les phalanges si crispées qu'elles en devenaient blanches.

À cause du mouvement de l'appendice caudal, il devint évident qu'il leur serait impossible d'approcher le « diplodocus » et de se glisser sous sa panse, comme Peggy l'avait d'abord espéré. Le camion, s'il voulait échapper au balayage, devrait rester en arrière, dans le sillage du monstre, et ne pas chercher à le rattraper car la queue se déplaçait avec une extrême rapidité, serpentant et claquant à la manière d'un fouet colossal. Rien ne lui résistait et son passage aplanissait les collines comme l'aurait fait le va-et-vient d'une faux gigantesque. En trois minutes le paysage de la plaine avait été aplati.

L'animal marchait à présent sur le village, et les vibrations de son approche lézardaient le crépi des maisons. Grâce aux jumelles, Peggy Sue put voir que la population de Châteaunoir se tenait rassemblée sur la grand-place. Agenouillés, les yeux clos, hommes et femmes priaient les dieux de la lande sans esquisser un mouvement de fuite. En dépit du danger qui s'avançait, aucun d'entre eux ne levait la tête. Ils semblaient engourdis par leurs chants monotones, victimes d'une sorte d'hypnose qui les affranchissait de la peur.

Jenny donna un coup de volant pour éviter le bout de la queue qui se rabattait vers le camion. Le véhicule fut aspergé de pierres et de débris végétaux.

Enfin, la bête entra dans le hameau. Peggy entendit craquer les maisons. Elle vit la pointe du clocher se planter dans la chair du poitrail comme un harpon et y demeurer fichée, en dépit de l'écroulement de l'église. Le dinosaure continua sa course, imperturbable, insensible, n'éprouvant ni peur ni douleur. Cette indifférence avait quelque chose de terrifiant car c'était la démonstration même de son invulnérabilité. Il avançait comme une machine, ne pensant qu'à vaincre l'obstacle.

Sa tête et son corps sortirent du hameau saccagé au moment où sa queue y entrait. Ce fut comme si un cyclone s'abattait sur les lieux, faisant voler dans les airs la pierraille et les charpentes des bicoques écrasées. Peggy leva instinctivement les bras pour se protéger de l'averse de débris. Le chien bleu se serra contre elle. Châteaunoir tombait du ciel sous la forme de lambeaux éparpillés. La puissance du balayage était telle que des maisons de deux étages s'envolaient à des dizaines de mètres de hauteur avant d'exploser en touchant le sol.

Puis ce fut le tour de la forêt. Les arbres, sectionnés à ras de terre, furent soulevés telles des bûchettes.

244

Ils volaient dans les airs avant de choir comme des bombes. Certains se fichaient droit dans la boue, d'autres se volatilisaient, projetant en tous sens des esquilles aussi meurtrières que des flèches indiennes.

Peggy Sue et ses amis s'étaient ratatinés au fond du véhicule, priant pour qu'aucun fragment de maçonnerie ne vienne aplatir le camion. Tout autour d'eux le bombardement continuait, mêlant arbres fauchés et maisons disloquées.

La confusion était totale. Peggy aurait voulu se boucher les oreilles pour ne plus entendre l'horrible frottement de la queue faisant le vide autour d'elle. Ce fouet de chair et de pierre n'épargnait rien, et l'on devinait sans peine qu'il faucherait avec la même aisance les buildings des grandes villes.

Un sentiment d'impuissance et de terreur envahit l'adolescente. Elle venait de comprendre qu'on ne pourrait rien contre l'impossible dinosaure.

Personne, sur la Terre, ne serait en mesure de lui infliger le moindre préjudice puisque le monstre transportait dans ses flancs le robot médecin qui s'empresserait de guérir ses blessures en un temps record !

Le diplodocus de Châteaunoir avait été bâti pour durer mille ans, il mourrait à son heure, pas avant, et aucun héros de pacotille ne pourrait abréger sa vie.

La bestiole n'avait pas besoin de se nourrir, elle ne ferait rien que marcher et se reposer quand la chair artificielle qui la composait serait fatiguée. Oui, le diplodocus de pierre marcherait encore, et encore… pendant les mille ans à venir, jusqu'à ce qu'il soit enfin devenu vieux. Mais à ce moment, il aurait déjà détruit toute vie sur la planète, pas par haine, pas par voracité, non, simplement en se promenant à l'aveuglette.

C'était un fléau innocent, imbécile. Un somnambule gigantesque qui anéantirait le monde en dormant. Il allait se transporter d'un bout à l'autre du pays, revenant sur ses pas quand il atteindrait la mer, déboisant les forêts, puis faisant demi-tour pour aplatir les montagnes, à la manière de ces tigres qui tournent à l'infini entre les barreaux de leur cage sans jamais se lasser de cette déambulation mécanique.

Un arbre heurta le camion à l'arrière, le faisant pivoter sur lui-même. Peggy crut un instant qu'ils allaient être aplatis, mais le tronc tomba à deux mètres du capot, les épargnant de justesse.

Jenny avait abandonné le volant ; les poings serrés devant la bouche, elle se mordait les phalanges en gémissant.

Peggy songea qu'il ne leur restait plus qu'une chance d'échapper au désastre total : que les trépidations provoquées par l'avance de la bête déclenchent un véritable séisme. Oui, seul un vrai séisme pouvait encore les sauver. Une crevasse énorme qui s'ouvrirait sous le ventre de la créature et l'engloutirait dans les profondeurs du monde. Mais de tels coups de théâtre ne se produisent qu'au cinéma, à la fin de la dernière bobine, juste avant que le héros et sa petite amie échangent un long baiser sur fond de ruines fumantes.

Peggy secoua Jenny pour la forcer à reprendre le volant. Elle voulait continuer à se déplacer dans le sillage de l'animal pour profiter d'un éventuel arrêt de celui-ci ; arrêt qui permettrait peut-être de placer une charge de dynamite sur l'une de ses pattes.

Combien de temps encore avant que l'existence du monstre soit connue ? se demanda-t-elle. Pour le moment le brouillard le masquait en partie, quant au tremblement de terre soulevé par sa marche, il allait lui servir d'alibi tant que le soleil ne serait pas vraiment haut dans le ciel. En outre, ce point de la côte était quasi désert, seules quelques petites bourgades piquetaient la carte, cela en raison du climat détestable qui y régnait d'un bout de l'année à l'autre. La bête d'apocalypse allait traverser ce paysage déprimant où alternaient déserts, landes pelées et villes fantômes.

Tant qu'il se déplacerait dans ces contrées désolées le monstre passerait inaperçu. D'ailleurs, lorsque les premiers messages d'alerte parviendraient au standard de la police, il y avait fort à parier qu'on commencerait par n'en pas tenir compte, tout simplement parce qu'on les jugerait fantaisistes… invraisemblables ! Il faudrait un bon moment avant que les autorités, devant l'affluence des témoignages concordants, se décident à bouger. De plus, le tremblement de terre – ou ce qu'on prendrait pour tel – monopoliserait les patrouilles, et les policiers seraient alors trop occupés à empêcher le pillage des boutiques pour s'intéresser à un prétendu monstre préhistorique lâché dans la campagne. On ne commencerait à s'inquiéter réellement que lorsque la silhouette de la bête se dessinerait à l'horizon, et que son ombre gigantesque ondulerait sur les façades des buildings. Alors, seulement, on se mettrait à hurler de terreur, et le raz de marée de la foule déferlerait dans les rues.

Jenny avait repris le volant. Il devenait difficile de rouler à travers la plaine jonchée de débris. Peggy Sue songea qu'il en irait désormais ainsi partout où le faux dinosaure viendrait à passer. Dans quelques mois, sa promenade imbécile aurait transformé le pays en champ de décombres.

« Nous assistons au premier jour de la fin du monde… » se dit-elle amèrement.

Dans la demi-heure qui suivit, l'animal pulvérisa deux hameaux.

Peggy eut le réflexe de consulter sa montre. Il y avait à peine quarante minute que le monstre s'était mis en marche et elle avait pourtant l'impression de rouler dans ses traces depuis une éternité.

— On va vers la mer, constata Sebastian d'une voix blanche.

— Quoi ? hurla Peggy Sue.

— La bête… répéta le garçon. Elle va droit vers l'océan. À ce train-là, elle y sera dans moins de un quart d'heure.

— Elle va sans doute bifurquer dès qu'elle détectera la présence de l'eau, observa Peggy. Ensuite elle longera la plage.

Ils ne dirent plus rien jusqu'à ce que l'étendue miroitante des vagues apparaisse à travers le voile de poussière. À cet endroit la pente était vive, et le dinosaure, entraîné par son poids, avançait plus vite.

— Il va s'arrêter et bifurquer, répéta Peggy. Dès que ses pattes détecteront le contact de l'eau, la chair artificielle modifiera sa trajectoire. Elle est programmée pour assurer la survie de l'animal, pas pour le pousser à se noyer.

— Tu te trompes, fit le chien bleu. Comment la bête pourrait-elle se noyer puisqu'elle ne respire pas ? Puisqu'elle n'a ni bouche ni poumons ?

— C'est vrai ! hoqueta Peggy. Je suis stupide ! La peau extraterrestre peut survivre dans n'importe quel milieu. Elle est adaptable à l'infini…

Jenny freina, de crainte d'être entraînée par les éboulements. Elle immobilisa le camion en travers, roues braquées à l'extrême pour résister à la pente.

Là-bas, le diplodocus était en train d'enjamber la plage. Il pénétra dans la mer sans faire mine de ralentir, et son poitrail sur lequel se brisaient les vagues fit mousser l'écume comme l'étrave d'un paquebot quittant une cale sèche.

Peggy ouvrit la portière et se hissa sur le capot pour mieux suivre le déroulement du phénomène. L'animal n'avait pas dévié sa course d'un degré. Fidèle à la ligne droite, il continuait à avancer sans se soucier de l'eau qui le recouvrait déjà à mi-corps. Il s'enfonçait…

— Bon sang ! gronda Sebastian. On dirait qu'il ne flotte pas. Il s'enfonce. Regarde ! *Il s'enfonce !* Il va marcher au fond de la mer !

C'était vrai. Au lieu de nager, la bête continuait son bonhomme de chemin, suivant la pente du plateau continental. Le fait qu'elle fût remplie d'air ne semblait nullement la gêner. Mais peut-être son anatomie s'était-elle déjà modifiée, ouvrant çà et là des évents, des ouïes, par où l'eau s'engouffrait ?

Seul le cou du monstre émergeait encore au-dessus de la surface. Dix mètres d'un tuyau lisse et rose que surmontait la boule absurde de la tête sans yeux.

— Elle va marcher ! répéta Sebastian au comble de la stupeur. Elle va continuer sa promenade au fond de l'océan !

Ainsi, la bête impossible ne se noierait pas. Elle allait descendre, descendre dans les abîmes, à des profondeurs que personne n'avait jamais atteintes. Et la pression fantastique qui régnait en ces lieux de ténèbres ne l'écraserait nullement parce qu'elle serait devenue une créature aquatique. Oui, elle allait continuer sa déambulation au sein des océans, zigzaguant entre les fosses marines…

Jenny et le chien bleu avaient rejoint Peggy Sue et Sebastian sur le capot du camion. Serrés les uns contre les autres, ils regardèrent le dinosaure s'engloutir au fur et à mesure qu'il s'éloignait de la côte. Bientôt, seule la tête aveugle émergea encore des vagues, puis elle disparut à son tour, et il ne fut plus possible de deviner les déplacements du monstre qu'aux remous puissants qui bouleversaient la surface.

— Il est parti ! gémit Peggy Sue en se jetant contre la poitrine de Sebastian. On ne le reverra plus.

Le garçon lui caressa les cheveux sans rien dire. On devinait qu'il aurait voulu partager son optimisme mais n'y parvenait pas.

— Saleté de bestiole, grommela le chien bleu. Et comme elle n'a pas bon goût on n'aura même pas la chance que les requins la dévorent.

20

Le garçon écailleux

Il devint rapidement évident que personne aux alentours n'avait aperçu la bête entre le moment où elle s'était arrachée du sol et celui où elle était entrée dans la mer. Ceux qui avaient eu le redoutable privilège de la voir s'approcher étaient tous morts. Seuls Peggy Sue et ses amis connaissaient la vérité sur l'étrange catastrophe qui avait bouleversé la région de Châteaunoir ; d'un commun accord, ils choisirent de se taire.

La destruction des villages, les profondes crevasses ouvertes dans le sol furent mises sur le compte d'un séisme. En balayant la terre avec sa queue, le dinosaure avait effacé ses traces, si bien que Peggy Sue elle-même ne put relever aucune preuve de son cheminement.

À la télévision on évoqua la disparition de la bourgade de Châteaunoir avalée par le tremblement de terre. Une caméra s'attarda sur le cratère béant qui marquait désormais l'emplacement « où se dressait jadis le château qui faisait la fierté du lieu ». (C'est du moins de cette manière que le type du journal télévisé présenta les choses…)

Il ne subsistait plus grand-chose du village, sinon des débris éparpillés dans un rayon de un kilomètre, et même le hameau lilliputien avait été rasé par la déambulation du monstre aveugle.

Peggy et Sebastian s'attardèrent une semaine au cimetière de voitures. Ils s'y étaient barricadés avec Jenny quand les camions de la télévision avaient commencé à sillonner la campagne dévastée. Ils opposèrent aux journalistes un visage absent qui découragea les questions. Plus tard, quand le calme fut revenu, Jenny tira le fourgon blindé du fossé au moyen du camion de remorquage.

— Vous pouvez partir, dit-elle en soulevant le capot du véhicule pour un examen de routine. Ça ne sert à rien que vous restiez maintenant.

C'était une constatation, pas une interrogation.

Peggy Sue lui proposa de les accompagner en ville, et même d'emmener son père, mais Jenny refusa d'un haussement d'épaules, comme si c'était là une chose invraisemblable.

— J'y ai pensé, soupira-t-elle, mais tout bien réfléchi je ne pourrais pas vivre là-bas. C'est un monde de sauvages. Et vous, est-ce que vous reviendrez ?

Peggy Sue promit, mais elles savaient toutes deux qu'elles parlaient pour ne rien dire. On n'a jamais vraiment envie de revoir les gens avec qui on a partagé un cauchemar.

Peggy, Sebastian et le chien bleu reprirent la route.

Curieusement, le voyage se déroula dans le silence. Une gêne pesait sur les trois amis. Elle tenait principalement au fait que Sebastian avait adopté une attitude distante. Au cours des derniers jours, il n'avait pas prononcé dix mots d'affilée. Le plus souvent, quand on s'adressait à lui, il se contentait de grogner. Le tatouage qui se promenait sur sa peau depuis qu'il avait écrasé un mot magique dans la librairie infernale avait fini par s'installer au beau milieu de son front. Il disait :

Guerre totale !

La jeune fille ne trouvait pas ça de très bon augure.

Les ravages causés par la déambulation de la bête les obligèrent à un long détour car beaucoup de routes étaient désormais barrées.

Ils longèrent le bord de mer. Chaque fois qu'ils faisaient halte, Peggy descendait du camion et s'avançait vers la plage pour regarder l'eau.

Elle savait que le dinosaure était là, quelque part sous la surface. Elle essayait de se représenter son cheminement aquatique. Parfois elle se racontait que le monstre était tombé dans une fosse marine et qu'il tournait en rond, à quatre mille pieds au-dessous du niveau de la mer. Oui, elle voulait croire de toutes ses forces que l'impossible diplodocus avait été happé par le labyrinthe d'une faille abyssale et qu'il resterait là jusqu'à la fin des temps, revenant sans cesse sur ses pas à la recherche d'une sortie qu'il ne trouverait jamais…

Mais, à d'autres moments, elle voyait le monstre cheminer à pas prudents, évitant soigneusement les pièges du terrain. Elle le voyait ressortir, là-bas, en face… en Chine. Elle le voyait émerger des flots, noirci de pétrole. Il prenait pied sur le continent asiatique et entamait sa longue marche terrestre, traversant les steppes russes, progressant vers l'Europe, laissant derrière lui un sillage de décombres. Puis il enjambait la France, si petite, et replongeait dans la mer. Alors, pour de longs mois, il se réadaptait à la vie aquatique, se rapprochant des côtes américaines. Un jour il émergeait en Floride, à Miami peut-être, et tout recommençait, à l'infini… Et les hommes devraient s'habituer à vivre avec ce fléau, apparaissant et disparaissant à date fixe, ce promeneur aveugle qui se moquait des obstacles et ne semblait avoir d'autre but que marcher, marcher, et marcher encore…

Une nuit, alors qu'ils dormaient dans le camion, Peggy Sue fit un cauchemar.

Dans le rêve, elle se trouvait sur le pont promenade d'un paquebot, en pleine mer. Sebastian, allongé sur un fauteuil de toile, bronzait, les yeux clos. Il était beau, avec ses muscles et son slip de bain rouge vif. La chaleur avait fini par l'endormir, et il respirait doucement, la bouche entrouverte, une fine pellicule de sueur sur la lèvre supérieure.

C'est alors que le rêve devenait vraiment désagréable. Au bout d'un moment, Peggy Sue entendait des coups sourds frappés contre la quille. Elle essayait d'attirer l'attention du commandant, de réveiller Sebastian, mais personne ne voulait l'écouter et le chien bleu dormait comme une bûche. En désespoir de cause, elle descendait dans la cale, une lampe-tempête brandie à bout de bras. C'est lorsqu'elle entrait dans la soute, bien au-dessous de la ligne de flottaison, que la tête du monstre crevait la coque. Peggy la voyait surgir de la déchirure de tôle, toujours aveugle, toujours rose... Et elle se mettait à hurler tandis que l'océan moussait dans la brèche, remplissant la soute à une vitesse effrayante. Alors Sebastian entrait dans la cale, sans se presser.

— Ne t'inquiète pas, disait-il, le monstre vient me chercher, c'est tout... Je dois l'accompagner, c'était prévu depuis longtemps.

Tournant la tête, Peggy Sue s'apercevait soudain que le garçon était couvert d'écailles. De la tête aux pieds. Et que ses yeux de crocodile étaient devenus jaunes.

C'est alors qu'elle se réveilla.

En sueur, elle se redressa. Instinctivement, son regard se posa sur Sebastian. Il dormait, mais sur son front le tatouage remuait tel un ver de terre.

« Il se modifie encore, songea Peggy. Il est en train d'écrire quelque chose… »

Elle se pencha pour déchiffrer l'inscription. À présent la coulée d'encre qui voyageait sur la peau de Sebastian proclamait :

Que le meilleur gagne.

Elle eut une pensée pour sa grand-mère qui l'attendait à Ysengrin. Que s'était-il passé là-bas en leur absence ? La vieille dame avait-elle réussi à tenir tête aux mots-sangsues galopant sur les affiches de la cité ? Elle l'espérait de tout son cœur. Quelque chose lui soufflait que la solution de cette étrange aventure se trouvait dans cette petite ville, là où tout avait commencé.

21

La loi du loup-garou

Après d'interminables détours, ils atteignirent enfin les faubourgs d'Ysengrin-les-Deux-Tourelles.

— La ville est déserte, souffla le chien bleu en passant le museau par la vitre baissée. Il n'y a plus âme qui vive.

Quand le camion s'engagea dans la rue principale, une étrange agitation s'empara des inscriptions qui s'étalaient sur les affiches et les panneaux publicitaires. Les mots-sangsues se convulsèrent, les lettres s'agitèrent en tous sens.

— On dirait qu'elles font le gros dos, observa le chien bleu, comme un chat en colère.

Sebastian, les mains crispées sur le volant, poussa un grognement inhumain et montra les dents. Peggy Sue se recroquevilla sur son siège. L'espace d'un éclair, elle avait eu l'impression que les canines du garçon ressemblaient à des crocs.

Ce qui se passait la terrifiait. Elle ne parvenait plus à entrer en contact télépathique avec Sebastian.

Chaque fois qu'elle s'adressait mentalement à lui, elle se heurtait à un mur bourdonnant de pensées étranges marmonnées dans une langue gutturale qu'elle ne comprenait pas. Des pensées rouges et hostiles, aussi accueillantes qu'un piège à loup.

Alertée par le bruit du moteur, Granny Katy se précipita à leur rencontre. Dès que le véhicule fut arrêté, Peggy se jeta dans les bras de sa grand-mère.

— Tu ne peux pas imaginer, lui souffla-t-elle à l'oreille. Tout est allé de travers. Une vraie catastrophe… Fais attention à Sebastian, il est de plus en plus bizarre. Je crois qu'il se transforme en crocodile.

— Tu vas me raconter ça, murmura la vieille dame. En attendant nous allons manger un morceau. Entrons dans ce restaurant, on y trouve tout ce qu'il faut pour préparer d'excellentes gaufres.

Sebastian refusa de les suivre. Il semblait ne pas les entendre.

— Il nous regarde curieusement, commenta le chien bleu. On dirait qu'il ne nous reconnaît plus. Ses yeux ont changé de couleur. Ils sont jaunes, et sa peau vire au verdâtre. Peggy, à mon avis, tu devrais envisager de changer de petit ami ! Celui-là ne sera bientôt plus présentable.

Granny Katy ne dit rien mais elle examina le jeune homme avec la plus grande attention. Ce dernier poussa un nouveau grognement et se mit à courir droit devant lui. Quand une voiture arrêtée en travers de la chaussée lui barrait le chemin, il sautait par-dessus.

— Le voilà qui bondit comme un cheval de course, grommela le chien bleu. Ça ne s'arrange pas. Quel énergumène !

Après trente secondes de cette galopade insensée, le garçon disparut dans une rue transversale.

Peggy Sue se blottit contre sa grand-mère sans chercher à dissimuler ses larmes.

— Viens, dit celle-ci, tu vas me raconter par le menu ce qui s'est passé à Châteaunoir, nous essayerons de trouver une solution.

Elles entrèrent dans le restaurant désert. Pendant que Peggy narrait leurs incroyables mésaventures dans les ruines du manoir interdit, Katy Flanaghan s'occupait des gaufres. Le chien bleu grimpa sur une chaise et exigea une assiette assortie à son pelage. L'avantage avec lui, c'est que rien ne le déprimait jamais et qu'il conservait une inépuisable réserve d'énergie. On ne pouvait rêver meilleur compagnon d'aventure.

— Je suis la seule personne encore vivante à Ysengrin, annonça Granny Katy. Toute la population a été peu à peu vampirisée par les mots magiques collés aux façades.

— Quelle horreur ! s'exclama Peggy.

— J'ai rassemblé la totalité des bonshommes de papier à la mairie, soupira la vieille dame. Je les ai repassés, réparés quand ils étaient déchirés. Ils sont désormais à l'abri de la pluie et du vent. J'espère qu'il sera possible de leur rendre leur forme première car ils continuent à vivre d'une espèce de vie larvaire. C'est très curieux. Je n'avais jamais entendu parler d'un tel sortilège.

— Et pour Sebastian ? s'inquiéta l'adolescente.

— Il ne sert à rien de se mentir, soupira Katy Flanaghan. Il est évident que ton petit ami est en train de se transformer en lézard de l'espace. L'intervention du robot chirurgien a fait de lui un extraterrestre. Ce que je ne comprends pas, c'est pourquoi les mots échappés de la librairie tenaient tant à l'expédier à Châteaunoir.

— Exact, approuva le chien bleu en broutant salement une gaufre à même son assiette. J'ai moi aussi l'impression que nous avons été manipulés depuis le début… Nous sommes tombés dans un piège assez tordu.

— C'est vrai, fit Peggy Sue d'un ton songeur. On a envoyé un rêve prémonitoire à Sebastian pour l'amener à chercher la librairie magique. Notre visite a provoqué la libération des mots qu'on y tenait prisonniers…

— Une fois libérés, ils se sont mis à grossir en vampirisant la population, compléta Granny Katy. C'est alors qu'ils ont donné à Sebastian l'adresse du fameux guérisseur.

— Comme s'ils tenaient réellement à ce qu'il se rende là-bas, observa Peggy Sue. Oui, c'est très curieux.

— Ils auraient voulu le voir se transformer en lézard qu'ils n'auraient pas agi autrement, grogna le chien. Tout cela empeste la machination.

Lorsqu'ils quittèrent le restaurant, Peggy erra longuement sur les trottoirs en appelant Sebastian. Le garçon ne répondit pas. Seul le vent ululait au long des rues, emplissant la cité déserte de ses gémissements.

Granny Katy passa son bras sur les épaules de sa petite-fille.

— Rentrons à l'hôtel, murmura-t-elle. La route t'a fatiguée. Demain nous y verrons plus clair.

Peggy Sue dormit très mal. Dès que le jour fut levé, elle s'empara des jumelles de sa grand-mère et, ouvrant une fenêtre, scruta la ville depuis le dernier étage du bâtiment. Elle n'eut aucun mal à localiser Sebastian qui courait dans la rue principale. Il avait ôté ses vêtements et galopait à la poursuite du chat blanc à l'oreille tranchée, comme s'il envisageait d'en faire son petit déjeuner.

— Pourvu qu'il ne le dévore pas ! songea Peggy, atterrée par la tournure des événements.

— Bof, grommela le chien bleu. Ça n'aurait rien de tragique, un chat ce n'est après tout qu'un hamburger plein de poils.

Le cœur serré, Peggy constata que la métamorphose du garçon avait considérablement avancé au cours de la nuit. Sa peau était à présent vert foncé et couverte d'écailles luisantes. Il avait des griffes à chaque main et une sorte de crête osseuse le long de la colonne vertébrale. (Ce n'était pas follement mignon !) Seule sa tête était intacte… si l'on exceptait le fait que ses cheveux avaient été remplacés par des écailles et que ses yeux étaient jaunes.

— Pas joli, hein ? remarqua tristement le chien bleu. Mais il faut voir le bon côté des choses : désormais aucune copine n'aura l'idée de te le piquer !

Peggy n'eut pas le temps de répondre. Là-bas, sur l'avenue principale, la créature qui avait encore le visage de Sebastian venait de rattraper le chat blanc et de lui griffer les flancs. Le matou poussa un glapissement de douleur. Sur son pelage éblouissant, du sang perlait, mélangé à une substance verdâtre qui avait jailli des ongles de Sebastian.

— Une espèce de venin, diagnostiqua le chien bleu en flairant le vent. Je peux le sentir à cette distance.

— Il l'a empoisonné ? s'étonna Peggy de plus en plus déprimée.

— Je ne sais pas, avoua l'animal. Regarde, il ne s'occupe plus du chat. Il repart en galopant dans l'autre sens. En tout cas, il ne voulait pas le manger.

Au cours de la matinée, les deux amis purent suivre la course de Sebastian à travers la ville. Tantôt il poursuivait un chien, tantôt un autre chat, parfois même un rat… Il se contentait de les griffer, puis s'en détournait aussitôt. Ni Peggy ni le chien bleu ne comprenaient le but de cette gesticulation.

Toutefois, cela changea lorsqu'ils virent réapparaître le chat blanc à l'oreille tranchée. Désormais, il était couvert d'écailles vertes et sa queue évoquait celle d'un iguane.

— Je crois comprendre ce qui se passe, fit Granny Katy. C'est la loi du loup-garou… Toute chose vivante griffée ou mordue par un lycanthrope devient à son tour loup-garou. C'est la même chose pour Sebastian, il ne veut pas dévorer ces animaux, il en fait des créatures à son image. *Il se fabrique des compagnons…*

— Ses ongles sécrètent une sorte de venin, expliqua Peggy Sue.

— Non, pas du poison, corrigea la vieille dame, plutôt une substance mutagène qui, une fois passée dans le sang des victimes, provoque une métamorphose accélérée.

— Peut-être ne veut-il plus être le seul de son espèce ? proposa le chien bleu.

Soudain, alors qu'elle s'apprêtait à répondre, Granny Katy se figea, les yeux écarquillés. De la main, elle désigna les maisons qui se dressaient autour de la place. Peggy se pencha à la fenêtre. Sur les panneaux publicitaires, les inscriptions vivantes avaient tracé le même mot, lourd de menace :

GUERRE !

N'y tenant plus, la jeune fille laissa exploser sa colère et son angoisse.

— Mais qu'est-ce que ça signifie ? hurla-t-elle à l'adresse des immeubles. Expliquez-vous à la fin !

Pendant trente secondes, les lettres-sangsues frémirent, comme si elles échangeaient des informations. Après s'être concertées, elles se rassemblèrent. Leurs lettres commencèrent alors à ramper sur les façades pour changer de place et former de nouveaux mots. C'était un spectacle ahurissant. Le gigantesque alpha-

264

bet noir grouillait comme une fourmilière. Cette agitation donna naissance à un message qui s'inscrivit sur l'immeuble faisant face à l'hôtel.

— Salut, petite Terrienne, écrivaient les sangsues. Puisque tu veux savoir la vérité, nous allons te la révéler. Te voilà mêlée à une très ancienne guerre qui a débuté il y a des millions d'années entre deux peuples, celui des lézards et celui des anguilles géantes. Nous nous sommes toujours détestés, les uns revendiquant le territoire des autres… Quand un conflit éclatait, plutôt que de le régler sur notre planète et de risquer de la détruire, nous avions coutume de nous affronter sur un autre monde. Un monde très attardé, tout petit et peuplé de créatures stupides : la Terre.

— Je comprends, grinça Peggy Sue, de cette manière, si le combat dégénérait vous n'abîmiez rien chez vous. Sympa !

— C'était une sage coutume, reprirent les mots rampants, et nous l'avons observée pendant des siècles. Nous avons mené toutes nos guerres chez vous. Des guerres terribles qui, parfois, ravageaient votre planète. C'est ainsi qu'au cours de la grande bataille de l'année du Serpent nous avons causé accidentellement l'extinction des dinosaures en nous affrontant à coups de boules de feu concentré.

Peggy Sue, Granny Katy et le chien bleu n'en croyaient pas leurs yeux. Dès qu'ils avaient fini de lire le message inscrit sur la façade, celui-ci s'effaçait et les lettres se réorganisaient pour écrire la suite du texte.

C'était comme une sorte de livre géant qu'on aurait imprimé devant eux.

— Nos lois exigeaient que les armées en présence gagnent le champ de bataille dans deux vaisseaux distincts, écrivirent les sangsues. Il y a plusieurs siècles, nos deux peuples ont choisi leurs meilleurs champions et les ont expédiés ici pour un nouveau combat... Hélas, une pluie de météorites intercepta nos fusées qui furent grandement endommagées. Le vaisseau des lézards s'écrasa à Châteaunoir. Tous les guerriers moururent sur le coup, tués par le choc. Seuls les pilotes survécurent. Cette poignée de survivants, soignée par le robot médical, s'appliqua à dresser un mur autour de l'épave pour dissimuler la fusée aux humains. Ils étaient malades et très affaiblis. Ils ne savaient plus ce qu'il convenait de faire. Ils attendaient que nous prenions contact avec eux pour décider de la suite des événements.

— Et vous ? demanda Peggy.

— Nous avions eu davantage de chance, écrivirent les sangsues. Notre vaisseau était très abîmé, certes, mais nous avions réussi à le poser près d'ici, dans les bois d'Ysengrin. C'était le Moyen Âge à l'époque ; très vite, les paysans coururent chez le seigneur du lieu pour l'avertir que des créatures démoniaques se cachaient dans la forêt. On dépêcha un magicien redoutable qui, au moyen de formules incompréhensibles, réussit à nous capturer et à nous enfermer dans les grimoires d'une bibliothèque destinée à devenir notre

266

prison. Tu connais la suite, petite Terrienne. Malgré tout, nous restions aux aguets. Le temps passait mais nous ne nous estimions pas battues pour autant. Nous savions qu'un jour ou l'autre nous réussirions à nous échapper. Après bien des années d'attente, nous avons enfin détecté les pensées de ce garçon... ton ami... Sebastian, et son désir de guérir. C'était la proie idéale, facile à hypnotiser. Nous lui avons envoyé des rêves pour le guider vers la rue du Serpent...

— Mais pourquoi ? s'insurgea Peggy Sue. Vous teniez tellement à vous échapper ?

— Oui, répondirent les sangsues. Nous devons mener notre mission à son terme. Nous sommes venues ici, en des temps lointains, pour faire la guerre aux lézards... Le problème, c'est qu'il n'y avait plus de lézards puisqu'ils étaient morts dans l'écrasement de leur vaisseau. Il fallait donc faire renaître nos ennemis. En vous offrant en pâture au robot médical, nous espérions qu'il vous changerait en guerriers des marécages, recréant ainsi la race des crocodiles. Aujourd'hui, cette condition essentielle est en passe d'être remplie. Le garçon va devenir un lézard qui fabriquera par contamination d'autres combattants lézards. Quand ils seront assez nombreux, la bataille aura lieu. Le temps presse, car nous avons bu le sang des derniers habitants d'Ysengrin et, d'ici quelques jours, nous commencerons à nous affaiblir, à pâlir, à nous effacer, faute de nourriture. À la seconde où nous nous sommes échappées des grimoires nous sommes redevenues de simples mortelles, mais cela a peu d'importance : nous sommes des soldats, notre mission est de détruire l'ennemi.

— C'est idiot ! s'emporta Peggy Sue. La guerre dont vous parlez aurait dû avoir lieu il y a plusieurs siècles, elle n'a sûrement plus de raison d'être aujourd'hui… elle est complètement démodée !

— Tu ne crois pas si bien dire, petite Terrienne, écrivirent les sangsues. Il y a cent ans, notre planète a été détruite par une météorite. À cette heure, notre monde natal n'existe plus. Nous en sommes les dernières survivantes.

— Vous voyez bien ! gémit Peggy Sue. C'est absurde. Vous n'avez plus de raison de vous battre.

— C'est notre devoir de soldats, répliquèrent les sangsues. La mission doit être accomplie, la bataille doit avoir lieu, même avec plusieurs siècles de retard, notre honneur en dépend. Nous sommes impatientes, il y a si longtemps que nous attendons cette rencontre.

Le message se brouilla et les lettres s'amollirent pour ne plus former que des taches illisibles.

— Oh ! comme ces sales limaces sont bornées ! ragea Peggy Sue. Il n'y a pas moyen de leur faire entendre raison.

Elle se retenait de pleurer. Ses pensées allaient à Sebastian qui risquait de se faire tuer au cours de la bataille.

— Je crois que cette fois nous sommes dépassés par les événements, soupira Granny Katy. Ma pauvre petite, je ne pense pas que nous puissions empêcher ce qui se prépare.

Malgré tout, Peggy se mit en tête d'essayer de raisonner Sebastian. Accompagnée du chien bleu, elle quitta l'hôtel pour remonter l'avenue principale. C'était de la folie mais le chagrin lui brouillait les idées. Elle n'avait pas fait trente mètres qu'elle vit la silhouette du garçon se dessiner au bout de la rue. En fait, il n'avait plus rien d'humain, c'était désormais une espèce de crocodile au museau court, dressé sur ses pattes arrière. Ses nouveaux amis l'accompagnaient : des chats et des chiens que la métamorphose avait en partie couverts d'écailles. Cela formait une troupe grotesque et effrayante dont les longues griffes cliquetaient sur le sol.

— Nom d'une saucisse atomique ! haleta le chien bleu. Je crois que la discussion va tourner court. Galopons jusqu'à l'hôtel pour nous y enfermer à double tour.

— Non, gémit Peggy, je veux lui parler… il m'écoutera… Je suis sûre qu'il va me reconnaître.

— Bon sang ! s'impatienta l'animal. Ce n'est plus Sebastian… *c'est un extraterrestre*. Il se fiche pas mal de ce que tu lui raconteras. Il veut juste te griffer pour te transformer en lézard. Pour lui, tu n'es qu'un soldat de plus à incorporer dans son armée. Si nous ne nous décidons pas à bouger il me fera subir le même sort.

Brusquement, « Sebastian » gronda un ordre guttural, dans une langue qui tenait le milieu entre le rugissement du lion et le claquement de mâchoires du requin affamé. La troupe écailleuse s'élança.

Peggy consentit enfin à sortir de son hypnose et se mit à courir vers l'hôtel. Derrière elle, les griffes des monstres cliquetaient sur les pavés avec un bruit de lames de rasoir.

La jeune fille jeta un bref coup d'œil par-dessus son épaule. Elle eut la mauvaise surprise de découvrir que Sebastian semblait le plus acharné à la poursuivre. Ses yeux jaunes luisaient de convoitise. Un instant, elle fut submergée par le découragement et faillit renoncer. Après tout, pourquoi ne pas devenir comme lui et mourir à ses côtés dans la bataille qui s'annonçait ?

Aurait-elle le courage de lui survivre s'il se faisait tuer le lendemain en affrontant l'armée des sangsues ? Elle n'en était pas certaine.

Le chien bleu, devinant qu'elle faiblissait, agrippa l'une de ses manches entre ses crocs et la força à courir de plus belle.

La distance qui les séparait de leurs poursuivants diminuait à vue d'œil.

Dans un dernier sursaut d'énergie, ils s'engouffrèrent dans le hall de l'hôtel et s'empressèrent de descendre le rideau de fer qui en protégeait l'entrée.

Longtemps, ils demeurèrent figés dans la pénombre de la réception, à écouter les raclements des griffes de leurs poursuivants sur le volet d'acier.

22

La dernière bataille des soldats fantômes

— C'est étrange et plutôt triste, murmura Granny Katy. C'est un peu comme si des fantômes s'affrontaient. La race des hommes-lézards s'est éteinte, les sangsues n'ont survécu que grâce aux sortilèges du magicien qui les a emprisonnées à l'intérieur des grimoires de la librairie interdite. Il ne serait pas faux de considérer qu'ils sont tous morts depuis longtemps. Cette bataille est, d'une certaine manière, une bataille de spectres.

— C'est vrai mais je m'en moque, déclara Peggy Sue. Je veux juste que Sebastian ne se fasse pas tuer.

— Je te comprends, soupira la vieille dame, hélas, nous ne pouvons plus rien pour lui. Si tu l'approches il te griffera, et tu te changeras toi aussi en extraterrestre écailleuse.

— Lui qui tenait tellement à redevenir normal, grommela le chien bleu, je ne crois pas qu'il appréciera de mourir dans la peau d'un crocodile du cosmos !

— Vas-tu te taire, idiot ! s'emporta Peggy à bout de nerfs. Il n'est pas encore mort que je sache.

L'adolescente, sa grand-mère et le chien durent bientôt se rendre à l'évidence, ils étaient prisonniers de l'hôtel. S'ils commettaient l'erreur de descendre dans la rue, Sebastian et ses soldats s'empresseraient de les griffer pour les transformer en guerriers des étoiles.

— Nous allons devoir assister à la bataille depuis cette fenêtre, observa l'animal, comme des sénateurs romains regardant des gladiateurs depuis la tribune impériale.

Peggy Sue enrageait de ne pouvoir rejoindre son ami.

Granny Katy, elle, tremblait à l'idée que sa petite-fille puisse sauter dans le vide à la dernière minute. Elle ne la quittait pas des yeux afin de la rattraper par la ceinture de son jean s'il lui prenait la fantaisie d'enjamber subitement le rebord de la fenêtre.

— Ça y est ! annonça le chien bleu. Il se passe des trucs bizarres. Les sangsues sont en train de descendre des affiches pour se rassembler dans la rue.

Effectivement, de tous les coins de la ville, les mots dégringolaient des façades pour ramper sur le sol, telles des milliers de limaces. Ils se dirigeaient vers la grand-place. Au bout de l'avenue, Sebastian apparut, entouré de ses guerriers. Tous avaient maintenant l'aspect de lézards extraterrestres au mufle court, à l'échine hérissée de piquants osseux. Sebastian était plus grand et plus fort que ses acolytes. Il brandissait une sorte de lance au fer acéré qu'il avait de toute évidence fabriquée avec un pare-chocs de camion.

— Les sangsues ! hurla soudain le chien bleu. Elles fusionnent ! *Elles s'agglutinent pour ne plus former qu'une seule bestiole !*

Peggy Sue retint son souffle. Les mots rampants étaient en train de se mélanger comme des miettes de pâte à modeler qui, en s'additionnant les unes aux autres, finiraient par constituer une grosse boule.

Cette pâte se convulsait, se boursouflait. Après s'être agitée une bonne minute, elle prit l'aspect d'une anguille géante de la taille d'un autobus.

— La dernière représentante du peuple anguille contre l'ultime survivant de la race des lézards, murmura Granny Katy. Cela se jouera comme un combat de gladiateurs.

La sangsue de l'espace poussa un mugissement terrifiant auquel répondit le cri de guerre de « Sebastian ». La lutte commençait.

D'abord, l'homme-crocodile lança ses quelques guerriers à l'assaut de l'anguille ténébreuse, mais celle-ci les neutralisa avec une incroyable rapidité. S'abattant sur eux, elle leur aspira le sang en trois secondes, les transformant en silhouettes de papier calque. Très vite, Sebastian se retrouva seul face au serpent monstrueux. Par bonheur il était souple, et beaucoup plus rapide que la limace du cosmos. Il en profitait pour jouer à cache-cache avec elle, la provoquant et s'effaçant à la dernière seconde. Il procédait à la façon des matadors qui attirent le taureau sur eux et se dérobent au moment où les cornes de la bête menacent de leur percer le ventre. Chaque fois, Peggy Sue avait l'horrible impression qu'il allait se faire trouer la peau, mais il esquivait les crocs de la sangsue d'une pirouette.

L'affrontement dura longtemps. Parfois, les deux combattants disparaissaient dans une rue voisine et Peggy n'osait même plus respirer, puis l'anguille et le lézard revenaient sur la place, Sebastian agitant sa lance, l'anguille claquant tel un fouet pour tenter de le saisir.

— Il est malin, chuchota Granny Katy. Vous n'avez pas compris ce qu'il essaye de faire ? Il fatigue la limace en l'obligeant à dépenser son énergie en pure perte. À ce train-là, elle va rapidement consommer tout le sang qu'elle a avalé. Dès qu'elle commencera à pâlir nous saurons qu'elle est épuisée. Sebastian pourra alors lui donner l'estocade.

— Encore faut-il qu'il survive jusque-là, marmonna le chien bleu. Il prend d'énormes risques pour la provoquer… Il a eu beaucoup de chance, souhaitons que ça dure.

— L'anguille est aveuglée par la haine, souffla Peggy. Si elle prenait le temps de réfléchir, elle se rendrait compte que Sebastian lui tend un piège.

Elle priait pour la survie de ce crocodile. Il avait beau être hideux, elle ne voulait pas qu'il meure car, quelque part, c'était encore Sebastian.

La bataille dura plus d'une heure. À trois reprises Sebastian faillit se faire happer par la gueule de l'anguille monstrueuse. Il ne dut sa survie qu'à sa prodigieuse souplesse. Du sang ruisselait à présent sur ses écailles, car les crocs de la bête l'avaient cruellement blessé à l'épaule. Il titubait. La fatigue le gagnait.

— Ça y est ! annonça Granny Katy, la sangsue se décolore… Sa peau noire vire au gris foncé. Elle a usé son énergie. Il lui faudrait s'alimenter mais il ne reste plus un seul être humain dans la ville.

— Ce n'est pas tout à fait vrai, haleta Peggy. *Nous sommes encore là…* Elle pourrait bien s'en souvenir !

Comme si elle avait entendu ces mots, la limace monstrueuse se détourna de Sebastian pour ramper vers l'hôtel. Elle était assez grande pour atteindre sans mal la fenêtre derrière laquelle se pressaient Peggy, Katy Flanaghan et le chien bleu.

— Oh, oh ! fit ce dernier, elle vient droit sur nous. Je crois qu'elle a l'intention de grignoter un petit casse-croûte avant de retourner se battre. Nous ferions bien de nous mettre à l'abri.

Ils n'en eurent pas le temps, le mufle de la sangsue s'abattit sur la façade, pulvérisant la fenêtre pour s'introduire dans la chambre. Sa gueule hérissée de crocs palpitait horriblement à la recherche d'une proie. Peggy Sue poussa sa grand-mère et le chien bleu derrière un canapé.

— Elle veut du sang ! haleta Katy Flanaghan. Vous avez vu ? Elle se décolore à vue d'œil.

Elle ne put rien ajouter car la limace du cosmos avait entrepris de déchiqueter le canapé. Elle travaillait avec l'efficacité d'une foreuse dans une galerie de mine et Peggy Sue voyait s'approcher le moment où il leur faudrait se résoudre à être vampirisés.

Alors que les crocs suceurs de sang se rapprochaient de l'adolescente, la limace poussa un rugissement de douleur et s'écarta. Dans la rue, l'homme-lézard en avait profité pour lui planter sa lance dans le dos, la tailladant comme une saucisse trop cuite.

L'hémorragie accéléra la décoloration du monstre qui vira au gris clair. Se détournant de l'hôtel, la bête essaya de faire face à son adversaire qui la lardait de coups.

Peggy s'extirpa des débris du canapé et courut à la fenêtre, ou plutôt vers le trou que l'intrusion du monstre avait ouvert dans la façade.

En bas, sur la place, la bataille s'achevait. L'homme-lézard, bien qu'épuisé et couvert de sang, était en train de couper la limace géante en rondelles. Le monstre était à présent livide, presque mort.

Le guerrier écailleux se recula, la lance brandie au-dessus de sa tête, et poussa un cri de victoire qui dut s'entendre de Pluton, la dernière planète tout au fond de notre système solaire.

À peine son hurlement éteint, une décharge énergétique se produisit, formidable court-circuit qui illumina le ciel et fit pâlir la lumière du soleil. Peggy se rejeta en arrière, aveuglée, les cheveux dressés. Autour d'elle tout grésillait, les téléviseurs explosaient, les lampes s'enflammaient.

La jeune fille roula sur le sol, étourdie, les oreilles bourdonnantes, persuadée d'être déjà morte.

Une dernière pensée la traversa : n'était-ce pas mieux ainsi puisque, de toute manière, elle avait perdu Sebastian ?

23

Renaissance

— En grec ancien, murmura Granny Katy, le mot
« apocalypse » signifie en fait « renaissance ». C'est
ce à quoi nous venons d'assister.

Peggy Sue se redressa sur un coude. Elle avait les
cheveux tire-bouchonnés et qui sentaient le cochon
grillé. Il s'en était fallu d'un rien qu'elle ne soit désin-
tégrée par la décharge électrique déclenchée par la
mort de la sangsue géante.

Katy Flanaghan l'aida à se relever.

— Viens voir, dit-elle, approche-toi de la fenêtre.

Peggy Sue obéit sans même savoir ce qu'elle faisait. Elle se moquait de tout à présent, plus rien n'avait
d'importance.

Pourtant, lorsqu'elle regarda en bas, elle aperçut
Sebastian étendu sur le trottoir. Sebastian qui avait
enfin recouvré sa forme humaine !

— Il est vivant, s'empressa de déclarer Granny
Katy. Je suis allée vérifier.

— Que s'est-il passé ? balbutia l'adolescente.

— C'est à la fois très simple et très compliqué, murmura la vieille dame. Les choses sont rentrées dans l'ordre, c'est tout. Je te l'avais bien dit, il s'agissait d'une bataille entre fantômes qui n'aurait jamais dû avoir lieu. Quelque chose de contraire à la logique de l'univers, une aberration du temps. Ni l'homme-lézard ni la sangsue n'auraient dû se trouver là. Seuls les sortilèges du magicien qui emprisonna les mots vivants à l'intérieur des grimoires ont permis cela. Quand la sangsue est morte, tous les crimes qu'elle avait commis se sont annulés à la même seconde.

— Alors c'est comme si elle n'avait jamais existé ? demanda Peggy Sue.

— Oui, répondit Katy. Les bonshommes de papier calque sont revenus à la vie. Je les ai vus sortir de la mairie en titubant. Ils ne comprennent rien à ce qui s'est passé. Quant à Sebastian, ses écailles et ses blessures ont disparu, l'intervention du robot chirurgien a été corrigée dans le bon sens. Mais le mieux est que tu t'en rendes compte par toi-même. Cours vite le rejoindre.

Peggy descendit dans la rue. Le chien bleu se tenait près de Sebastian et lui léchait le visage.

— Hé ! dit-il en voyant approcher la jeune fille. On dirait qu'il est vraiment fait de chair humaine, il n'empeste plus la poussière comme avant.

Peggy se pencha sur le garçon évanoui et posa sa bouche sur la sienne. Ses lèvres étaient chaudes et souples, elles n'avaient plus cet arrière-goût de sable sec que leur avait donné la malédiction du mirage [1].

— Je ne sais pas comment ça s'est fait, observa le chien bleu, mais on dirait bien que ça a marché. Notre Sebastian est désormais constitué de bons et solides biftecks ! Pour un peu, j'aurais envie de mordre dedans ! Il ferait mieux de se réveiller avant que je ne commence à lui grignoter le mollet gauche.

Cette fois, Peggy Sue ne chercha pas à dissimuler qu'elle pleurait, puisque c'était de joie.

1. Voir *Le Sommeil du démon*.

24

Des nouvelles du docteur Squelette

À quelque temps de là, Peggy Sue découvrit dans le journal un curieux article relatant l'aventure de pêcheurs japonais qui, en ramenant leurs filets, y avaient trouvé d'étranges poissons à visage humain !

Au bout d'une semaine, ces formidables spécimens s'étaient transformés en lézards sans que les savants occupés à les étudier puissent expliquer les raisons de cette nouvelle métamorphose.

Peggy referma le journal. Elle savait ce qui s'était passé. Le robot médical avait fini par sortir du ventre du dinosaure de pierre. Dans les profondeurs de l'océan, à l'insu de tous, il continuait obstinément la besogne pour laquelle on l'avait jadis programmé !

Ne t'inquiète donc pas ! lui lança le chien bleu. Le danger n'est pas bien grand. L'eau salée ne va pas tarder à le rouiller ; d'ici deux mois, l'oxydation paralysera ses articulations et il ne sera plus capable de bouger. Dans un an, ce ne sera plus qu'une vieille statue de fer perdue au fond de l'océan, et sur laquelle s'amasseront les coquillages et les étoiles de mer. Cette aventure est terminée, essayons de ne pas trop nous ennuyer en attendant la prochaine !

Amies lectrices, amis lecteurs, ici s'achève notre tome 5, mais ne désespérez pas, Peggy Sue reviendra bientôt pour de nouvelles aventures !

Lettre de l'auteur

Chères lectrices, chers lecteurs, je tiens à vous remercier de votre soutien. Je suis très ému, chaque fois que j'ouvre ma boîte aux lettres, de voir tomber des paquets d'enveloppes expédiées de tous les coins du monde, car, désormais, on lit Peggy Sue jusqu'en Chine ! C'est votre enthousiasme qui me confirme dans ma volonté de continuer la série. Contrairement à ce que pensent certains, je ne suis nullement lassé de lire vos lettres et vos e-mails, mais vous êtes devenus si nombreux qu'il me devient difficile de prendre la plume pour répondre personnellement à chacun d'entre vous, comme je le faisais au début. Je le regrette, tout en lisant chacun de vos courriers. Merci à tous ceux qui m'ont envoyé de magnifiques dessins. C'est un grand bonheur pour moi de savoir que les aventures de Peggy Sue vous permettent d'échapper à l'ennui et de vous évader dans un monde de rêve.

Merci encore pour votre fidélité, votre enthousiasme, votre passion... et à bientôt pour une nouvelle aventure de Peggy Sue.

Avec toute mon amitié,

Serge BRUSSOLO

Pour écrire :

Peggy Sue et les fantômes
Éditions Pocket Jeunesse
12, avenue d'Italie - 75627 Paris Cedex 13

e-mail : peggy.fantomes@wanadoo.fr

Table des matières

RETROUVE
TES héROS PRéFéRéS
et GAGNE
des cadeaux SUR

WWW.pocketjeunesse.fr

Jump

Connecte-toi sur www.pocketjeunesse.fr :

- choisis tes livres en fonction de tes goûts
  et genres préférés
- découvre toutes les infos sur les nouveaux livres,
  les nouvelles séries et leurs héros
- joue et gagne des livres et plein d'autres cadeaux
  (séjours sportifs, pass pour des parcs d'attractions,
  abonnements à des magazines, jeux vidéo...*)
- inscris-toi à *La l@ttre* pour être informé
  des nouveautés avant tout le monde

POCKET
jeunesse

pocketjeunesse.fr

* liste pouvant être modifiée.

Composition : Francisco *Compo*
61290 Longny-au-Perche

Impression réalisée sur Presse Offset par

BRODARD & TAUPIN

GROUPE CPI

La Flèche (Sarthe), le 21-09-2005
N° d'impression : 31008

Dépôt légal : octobre 2005

Imprimé en France

POCKET *jeunesse* 12, avenue d'Italie • 75627 PARIS Cedex 13
Tél. : 01.44.16.05.00